Der geheimnisvolle See

Melina B. Hilger

Der geheimnisvolle See

Mystische Geschichten

*Bibliografische Information der Deutschen Nationalbibliothek:
Die Deutsche Nationalbibliothek verzeichnet diese Publikation in
der Deutschen Nationalbibliografie; detaillierte bibliografische Da-
ten sind im Internet über http://dnb.dnb.de abrufbar.*

© *2013 Name des Autors/Rechteinhabers*
(Melina B. Hilger)

ISBN: 978-3-7386-4193-6
Titelbild: Feengrotte
Fotografin: Fallingstar27
http://piqs.de/fotos/31169,html
lizenc: CC

*Herstellung und Verlag: BoD – Books on
Demand, Norderstedt*

Inhalt

Manchmal öffnen wir uns erst in Krisenzeiten für außergewöhnliche Lösungen. Wir suchen in unserem Inneren vielleicht erst dann jenseits des Alltagstrotts.

So öffnete sich eine Welt für die Kleine aus der Geschichte „Sprechende Rosen" erst als sie ihre Mutter verlor. Oder auch für die neunjährige Polly, erst als ihre Seele sehr litt unter den Bedingungen, in denen sie aufwuchs. Dies ging so weit, dass sie sogar telepathische Fähigkeiten entwickelte. Und wie Sie sicher wissen, sind telepathische Fähigkeiten bei einigen Menschen wissenschaftlich nachgewiesen worden.

Wir alle besitzen im Inneren gewaltige Kräfte, die oft erst durch eine Krise mobilisiert werden. Nicht umsonst haben wir um ein Vielfaches mehr Gehirnzellen, als wir Menschen nutzen. Da ist noch ein großes Potenzial, das wir noch nicht geborgen haben. Ich vermute, dass der Mensch in der heutigen Zeit noch nicht reif und offen genug ist, um diese Bereiche zu aktivieren.

Hier möchte ich Rupert Sheldrake nicht unerwähnt lassen, der durch viele Experimente nachgewiesen hat, dass es ein „Wissendes Feld" (morphologische Felder), das uns alle einschließt, gibt. (Sehr interessante Lektüre.)

Die Geschichte von der „Verschmelzung" zeigt dies unter anderem sehr schön, wie das in der Praxis aussieht.

Dieses Buch trägt auch eine Botschaft zu den Lesern, die heißt: Verurteile niemals Andere, weil sie anders denken, wahrnehmen oder sind. Wir wissen nie, ob diese Menschen nicht schon etwas Weiterführenderes als die Masse erkennen und leben.

Jenseits der materialistischen Welt, die in dieser heutigen Zeit so viel Raum einnimmt und Pioniere, wie Jules Verne und Stanislav Grof und viele andere Vordenker, wie Spinner da stehen lässt, finde ich traurig. Und vielleicht bedauern wir erst Jahrzehnte später, dass wir ihnen eigentlich Dank schulden für den Mut, gegen den Trend zu denken und es laut zu äußern.

Ich freue mich, Ihnen dieses besondere Buch zu präsentieren.

Melina Hilger

Sprechende Rosen

Meine Güte, sie lief schon wieder hinunter. Wann würde sie wohl damit aufhören. Erasmus schaute ihr traurig nach. Er wusste nicht wie er diesem Kind helfen sollte. Klaras Mutter war nun schon seit fast einem halben Jahr tot und die Kleine konnte es immer noch nicht glauben. Stundenlang saß sie auf den Stufen der Steintreppe, die hoch zum Haus führte, da, wo sie immer saß, wenn sie auf ihre Mutter wartete, die von der Arbeit oder vom Einkaufen kam. So oft hatte er es ihr schon erklärt, dass ihre Mam einen schweren Autounfall hatte, bei dem sie starb. Sie hatte zwar ein paar Tage im Krankenhaus auf der Intensivstation „gelebt", aber er fand es besser, das siebenjährige Mädchen nicht mit dem Anblick zu belasten, den er selbst schon als recht gruselig empfand. Vielleicht war es ein Fehler gewesen, vielleicht hätte sie es anders eher glauben können. Aber es wäre ein solcher Schock gewesen, so dachte er und er wollte sie davor bewahren. Aber inzwischen zweifelte er immer öfter daran, ob seine Entscheidung damals richtig gewesen war. Er sah vor seinem inneren Auge, wie Klara und er hinter dem geschlossenen Sarg hergingen. Man sah ihr nichts an, keine Traurigkeit. Sie kickte die

Kieselsteine während des Grabganges vor sich hin und hüpfte unruhig an seiner Hand auf und ab. Damals dachte er erleichtert: „Sie versteht es zum Glück nicht". Aber inzwischen war er sehr unsicher geworden, ob das alles damals so gut gelaufen war. Den ganzen Sommer nun schon, lief die Kleine nach dem Essen die vielen Stufen hinunter und saß entweder singend da, redete vor sich hin oder hüpfte auf den untersten Treppenstufen. Seufzend machte er sich wieder einmal auf zum untersten Ende der Treppe. „Guck, die schönen Rosen. Riech mal! Riechen sie nicht wunderbar? Mama findet das auch.", rief sie ihrem Vater schon von weitem entgegen. Der verbesserte sie gleich: „Ja, Mama hat auch immer gerne daran gerochen!" Unbeirrt plapperte sie weiter. Im Singsang flötete sie den Abzählreim: „Eins, zwei, drei und du bist frei." Zuletzt zeigte sie mit dem Zeigefinger auf eine imaginäre Person und wiederholte laut: „Du bist frei! Du bist frei, du bist frei..." Während sie die drei Worte rief, wurde ihre Stimme immer lauter. Es schnitt ihm ins Herz und schnell nahm er seine kleine Tochter in die Arme. Die machte sich aber los und sah ihn vorwurfsvoll an: „Sie ist frei! Doch, ist sie!" Mit leiser Stimme redete Erasmus auf sie ein: „Sie ist tot Liebes! Bitte glaube mir, sie ist tot. Sie kommt nie mehr wieder. Du kannst hier nicht immer sitzen, Liebes!" Klara hielt mit dem Hüpfen inne und sprach nun mit völlig anderer Stimme, wie eine kleine Erwachsene: „Du weißt gar nichts!" Dann hielt sie sich mit den Händen die Ohren zu und sprang die Stufen hinauf, ihm davon. Schweren Herzens schickte er sich an, ihr zu folgen, als plötzlich ein Rauschen durch die Rosen fuhr. Er drehte sich rasch um. Er sah nichts, nur die Rosen nickten mit den Köpfchen, aber ein Schauer lief seinen Rücken hinunter und er hatte das dringliche Gefühl, dass jemand ganz nah war. Der Wind begann wieder „die Rosen zu streifen" und er hörte ein leises Wispern. Es klang wie „ich bin frei". Die nächsten Tage sah man Erasmus und Klara, beide gemeinsam unten auf den letzten Treppenstufen sitzen, genau vor den Rosen und ein guter Beobachter konnte sehen, dass der Wind die Rosen nicken ließ und das trotz der totalen Windstille.

Der Krater

Theo stand verzweifelt ganz oben und blickte hinab. Der Grund des Kraters war nicht zu sehen, er schien kilometerweit hinab zu führen. Ihm wurde schwindelig, die Tiefe erahnte er mit seinem Körper, der zu schwanken begann und ihn scheinbar hinunter ziehen wollte. Er trat schnell zurück, sein Herz klopfte wild. Er setzte sich mit dem Rücken zum Abgrund und atmete tief ein. So bemerkte er, dass die Luft um ihn herum irgendwie modrig roch. Irgendwoher kannte er den Geruch, aber es fiel ihm nicht ein woher. Als er sich nicht mehr schwindelig fühlte, stand er auf. Wieder zog ihn der Krater magisch an, aber er spürte, dass heute nicht sein letzter Tag war, irgendetwas hielt ihn noch zurück. Gerade wollte er sich auf den Heimweg machen, da sah er, wie ein weißes Kaninchen in einem Spalt verschwand. Theo wurde neugierig, folgte ihm und kroch in die Felsspalte, die sich da auftat. Er zögerte kurz, ob er wirklich in diesen modrigen Berg kriechen sollte, wahrscheinlich endete dieser niedrige Gang letztlich nur in einem Kaninchenbau und er würde das arme Kaninchen wohl zu Tode erschrecken. Aber seine Neugierde war geweckt und er ging auf die Knie, um sich krabbelnd fortzubewegen, als er ein deutliches

„Nein!" hörte. Er sah sich um, aber da war keiner und er ärgerte sich, wegen seiner Einbildung. Ein zweites Mal setzte er an, um hineinzukriechen, als wieder dieses „Nein!" ertönte, diesmal sogar mit Widerhall. Theo lief es kalt den Rücken hinunter und er stand schnell auf und klopfte sich den Staub von den Knien.

Er schaute noch einmal auf das dunkle Loch, drehte sich um und wollte gehen. Da hörte er wieder eine Stimme: „Bleib!" Theo erstarrte, die Stimme kam eindeutig aus dem Spalt, aber das konnte nicht sein. Vielleicht ist es die verdammte Höhe, dachte er. Er war schon über 2500 Meter geklettert, hatte er etwa Halluzinationen? Er stand immer noch mit dem Rücken zu dem Spalt, unschlüssig von dem Gehörten, wie fest gebannt, während sein Verstand ratterte. „Bleib, Nein", was sollte er damit anfangen? Schließlich drehte er sich wieder herum und sah, dass der Spalt verschwunden war, stattdessen sah er einen kleinen Felsblock und darauf eine seltsame Gestalt. Sie war nicht größer als ein vier- oder fünfjähriges Kind, hatte aber einen langen grauen Bart und auch das Gesichtchen von dem Wesen war nicht das eines Kindes. Es war übersät von unzähligen Fältchen, die braune Haut sah ledrig aus und das Haar unter dem grauen Tiroler Hut war grau, wirr und sah ungepflegt aus. Nicht

14

dass Theo solche Äußerlichkeiten wichtig waren, er fand es sogar während seiner Beobachtung schon merkwürdig, dass ihm solche Dinge überhaupt auffielen.

Der kleine Wicht musterte Theo lange wortlos und sein Blick war nicht gerade freundlich. Schließlich durchbrach Theo die schweigende Musterung und fragte: „Wer bist denn du?" „Ich wüsste nicht, wen das etwas anging!", war die schnippische Antwort. Seine Stimme klang gar nicht wie die eines alten Mannes, eher schrill und gequetscht. Theo hatte keine Ahnung, was er jetzt tun sollte. Ein Teil von ihm befahl, sich umzudrehen und einfach weg zu gehen, ein anderer Teil platzte fast vor Neugierde und ein ganz kleiner Teil seines Wesens hatte Angst. Er hatte Angst, dass er verrückt geworden war und es diesen Kerl da vor ihm nur in seiner Einbildung gab. „Na, hast du dich entschieden, was du tun willst?" provozierte der Zwergenhafte. Theo schüttelte den Kopf, es war eher eine Abwehr als eine Antwort. Langsam spürte er wie etwas Heißes in ihm hochstieg und seine Backen sich röteten. „Ja, so ist es gut, endlich kommt Leben in dich!", kicherte der Alte. Nun war es genug, dachte Theo, drehte sich um und begann den Berg hinunter zu steigen. „He, so war das nicht gemeint du langer, schlaksiger Lulatsch, ich bin nur ungeduldig und so unentschlossene Kerle wie du, kann ich schlecht aushalten", tönte es hinter Theo. Irgendetwas war in der Stimme des Zwerges was ihn zum Stehen brachte. „Komm", säuselte jetzt die Stimme hinter ihm, „ich hab' es nicht so gemeint, ich freu mich doch über jeden Besuch. Ich warte schon seit 622 Jahren darauf, dass mich endlich mal einer sieht. Da kann man schon ungeduldig werden, findest du nicht auch?" Theo wandte sich der Stimme hinter ihm wieder zu. Aber inzwischen stand da nicht mehr der kleine Zwerg sondern ein junger Mann, der richtig sympathisch wirkte. „Sag mir wer du bist!", befahl ihm Theo. „Ich bin du!" „Jetzt reicht's", schrie ihn Theo an und schickte sich schon wieder an zu gehen. „Nein wirklich, ich bin du, das kannst du mir schon glauben, aber ich bin du vor genau neun Generationen. Vielleicht sollte ich sagen, dein neuntes Leben." Theo betrachtete ihn wie von einem anderen Stern. Der Typ der behauptete er zu sein oder gewesen zu sein, das Ganze verwirrte ihn zusehends, sah wirklich so aus, wie aus einem anderen Jahrhundert. Er sah wie ein Knappe oder Prinz aus, die er aus alten Filmen kannte. Er musste unwillkürlich an Robin Hood denken. Der junge Mann trug gestreifte Pluderhosen, die ihm knapp über die Knie reichten, ein Rüschenhemd, darüber einen Panzer, wie eine Schildkröte. In der Hand hielt er eine Art Lanze und auf dem Kopf einen weitausladenden Hut mit Feder. „Erkennst du mich jetzt?" Theo schüttelte den Kopf und vor seinen Augen begann dieser Knappe oder was das auch immer war, zu flimmern und sich zu verwandeln. Schließlich hatte sich eine schöne Maid in lumpigen, bäuerlichen Kleidern aus dem flirrenden Nebel herausgeschält. „Und nun, kennst du mich jetzt?", fragte die weibliche junge Person. Wieder schüttelte Theo seinen Kopf. Das Mädchen vor ihm begann sich wieder zu verwandeln und plötzlich lag ein schreiender Säugling im Gras und eine nicht genau erkennbare Frau beugte sich schluchzend über ihn. „Hier bist du an Keuchhusten gestorben und deine Mutter war untröstlich und ist dir wenig später gefolgt." Theo schaute auf die Gestalt neben der Erscheinung seiner Mutter und des Säuglings. Ein Mann im Greisenalter gab ihm diese Erklärung und fügte hinzu: „Kennst du mich auch nicht? Ich war der Burggraf von hier, ich hatte viele Untergebene und meine Burg stand genau hier. Siehst du die Steine dort, das sind noch Reste davon." Endlich fand Theo seine Sprache wieder und stellte eine Frage an den Greis: „Was soll das alles hier? Wieso sehe ich euch und was für ein Spiel treibt ihr mit mir?" Der alte Mann schwieg eine Weile dann antwortete er: „Du musst verstehen, dass dein schweres Leben, das dich so oft an den Rand zur Verzweiflung brachte und dich immer wieder zu diesem Krater führte, mit der Frage, ob du dein Leben hier beenden solltest, nichts weiter ist, als ein kurzes Intermezzo. Dass es nur eines deiner vielen Leben ist und dass noch viele danach kommen. Alles geht vorüber."

Mit diesem letzten Satz lösten sich alle Erscheinungen auf. Theo stand noch lange alleine da und in ihm hallte noch der Satz nach: Alles geht vorüber!

Die große Schwester

Benito, komm Kleiner, lass uns nach Hause gehen." Fabricia nahm den kleinen Benito an die Hand und er trippelte brav neben seiner großen Schwester her. Fabricia gingen tausend Gedanken durch den Kopf und ihre Seele weinte. Sie war verwirrt und fühlte sich hilflos. Wie sollte sie dem kleinen Bruder den Tod der Mutter erklären, er war doch erst zweieinhalb Jahre alt. Zwar verstand er schon viel, das wusste sie, aber mit dem Sprechen haperte es noch sehr. Manchmal dachte sie sogar, dass er vielleicht ein wenig zurückgeblieben war, denn für sein Alter sprach er viel zu wenig klare Worte. Seine Sprache ähnelte einem unbekannten Dialekt und nur entfernt war er lautmäßig seiner Muttersprache zuzuordnen. Wenn sie es nicht besser gewusst hätte, würde sie glauben, dass er aus einem anderen Land kam. Überhaupt gab er selten etwas von sich, wenn man mit ihm sprach oder ihn etwas fragte.

Fabricia spürte plötzlich einen kräftigen Zug an ihrem linken Arm. Sie schaute auf Benito herab, der seine kurzen Beinchen fest in den Boden stemmte und damit seinen deutlichen

Willen Ausdruck verlieh, dass er nicht gewillt war, weiter zu gehen. Fabricia seufzte: „Na gut", dachte sie, „machen wir halt eine Pause". Sie ließ Benitos Hand los und setzte sich am Wegrand auf einen Baumstumpf. Benito war wie angewurzelt stehen geblieben und starrte reglos und starr auf eine Stelle. Fabricia versuchte zu entdecken, worauf er so intensiv blickte, aber da war nichts Ungewöhnliches, nur ein gelbes Rapsfeld und in der Ferne die bekannten Hügel. Es herrschte absolute Windstille, so dass auch ein Wiegen der Rapspflanzen nicht Benitos Aufmerksamkeit auf sich ziehen konnte. Sie übte sich in Geduld, sie kannte das schon, mit ihren siebzehn Jahren war sie ungewohnt geduldig mit ihrem Bruder, deshalb nahm sie ihn auch immer mit sich, denn keiner in ihrer Familie kam mit Benitos seltsamen Verhalten so gut klar wie sie. Dieses Starren, in einer Art Trance zu versinken, die seltsamen Laute, waren nicht das einzige außergewöhnliche Verhalten, das Benito zeigte. Manchmal stellte er sich vor die Menschen und blickte sie auf eine unnachahmliche Weise an. Die meisten Leute waren davon irritiert und versuchten sich recht schnell in Scherze zu retten oder sie ließen ihn einfach stehen.

Benito stand da nun bestimmt schon volle zehn Minuten, sehr ungewöhnlich für einen so kleinen Kerl. Kleinkinder sind ja normalerweise recht quirlig. Fabricia beobachte ihn genau, wie er da stand, völlig entrückt und bewegungslos wie eine Statue. Aber da war so ein Leuchten in seinen Augen und Fabricia konnte sich des Eindrucks nicht erwehren, dass ihr kleiner Bruder in einem völlig regungslosen Körper bei ihr war, sich seine Seele aber in einer anderen Welt sehr wohl lebendig bewegte. Jetzt nickte Benito so, als beantwortete er auf diese Weise eine Frage, die ihm jemand in diesem Moment gestellt hatte.

Dann kam wieder Leben in den kleinen Körper. Er drehte sich zu seiner großen Schwester um und tapste ein wenig unbeholfen auf sie zu. Er hielt erst an, als er an die Knie von Fabricia stieß, legte seine beiden Patschhändchen auf diese und sprach wieder in diesen seltsamen Lauten zu ihr, während sein Blick ganz klar ihre Augen traf: „Grabando gampo, milemana miuaraba, schschabatona", kam aus seinem Mündchen in einem so ernsthaften Ton, als wäre er ein alter Mann, der unbedingt etwas Wichtiges mitteilen wollte. „Schschschaba Atona Atona." Wieder und wieder sprach er die letzten Silben aus.

„Ich versteh dich doch nicht mein Lieber", flüsterte ihm Fabricia zu, nahm liebevoll seine

Händchen und rieb sie beruhigend. Dann wurde Benito still und sein Körper verwandelte sich vor ihr in den weichen, tapsigen Kleinkindkörper, wie sie ihn die meiste Zeit kannte. Nun zog Benito sie und zeigte ihr damit, dass sie weitergehen sollten.

Fabricia stand auf und sie liefen eine Weile schweigend weiter. Dann summte sie unbewusst eine Melodie und suchte nach dem Titel des Liedes, der ihr kurz darauf einfiel:

„Es waren zwei Königskinder, sie hatten einander so lieb…" Wie sollte sie Benito erklären, was sie gerade fühlte?

Fabricia hielt den Schritt an, ging auf die Knie nahm ihren kleinen Bruder in die Arme, und flüsterte in seine Halsgrube: „Mama ist tot, mein lieber Schatz, sei nicht traurig." Sie hob ihr tränennasses Gesicht und schaute Benito in die Augen. Der nahm ihr Gesicht in seine beiden Händchen und quietschte fröhlich: „Wasser!"

Polly

Polly kam schon wieder zu spät zur Schule, hatte sich wieder mal auf dem Schulweg vertrödelt. Sollte sie überhaupt noch ins Klassenzimmer gehen? Sie zögerte und machte vor ihrer Klassenzimmertüre schnell einen Schlenker in Richtung Treppe. Sie hörte das Knarren einer Türe und hastete schnell die Treppe hoch. Ganz oben drückte sie sich in die Nische am Kamin und lauschte. Folgte ihr etwa jemand? Nein, es war alles ruhig. Ihr Blick fiel auf eine alte verschnörkelte Türe. Hier oben war sie noch nie gewesen. Ob sie wohl verschlossen war?

Sie schlich sich hin und rüttelte vorsichtig an der Klinke, sie öffnete sich einen Spalt, dann klemmte sie. Polly warf einen Blick ins Treppenhaus, alles war ruhig. Dann zog sie kräftig an der Türe, trat ein und schloss diese schnell hinter sich. Sie befand sich vor einer steilen Holztreppe, die offensichtlich auf den Dachboden führte. Leise und langsam, um das Knarzen der Stufen zu vermeiden, stieg sie höher und höher. Allmählich gewöhnten sich ihre Augen an das Dämmerlicht und sie umrundete den riesigen Dachboden und schaute neugierig in Ecken und Schränke. Die meisten Schränke waren verschlossen, aber es gab dennoch sehr viel zu entdecken. Sie fand uralte zerkratzte Schulbänke mit eingeritzten Namen und Ausdrücken wie, die Ruth, die muht, Irene die Sirene. Auch Polly riefen sie immer Ausdrücke hinterher: Polly Molly oder Polly Volli. Dabei war sie gar nicht so dick. Okay, sie war ein wenig mollig, aber nicht dick. Sie hasste es, wenn man sie so rief und überhaupt hasste sie alle ihre Klassenkameraden. Die Lehrerin (ausgerechnet ihre Lieblingslehrerin) hatte sie mal Polly, die Träumerin genannt und seitdem ärgerten sie ihre Mitschüler, indem sie immer riefen: Polly erwache, sonst bist du die Schwache.

Wenn sie das riefen, wurde alles noch schlimmer, sie verfiel dann immer in diese „außergewöhnliche Zustände", in denen sie total abschaltete. Sie wusste auch nicht warum das so war, aber sie fand die Schule ätzend und hatte schon am Morgen immer Bauchkrämpfe, wenn sie hin musste. Polly kramte weiter in den Bergen von Büchern, sie waren alt und verstaubt, aber schöne Bilder waren manchmal darin.

Dann fand sie ein ganz in Leder gebundenes schweres Buch, sie schlug es irgendwo auf und sah ein faszinierendes Bild. Es war eine fast nackte Gestalt, nur ein Lendentuch um die Hüfte, sie war an einem Baum gefesselt und in dem Leib steckten fünf Pfeile, einer im Hals, einer in der Brust, einer in der rechten Schulter, einer im Bauch und einer im linken Schenkel. Und an den getroffenen Stellen floss reichlich rotes Blut. Der Blick der Gestalt war gegen den Himmel gerichtet und hatte einen unaussprechlichen leidenden Ausdruck. Polly war wie gelähmt von dem Anblick. Unten auf der Seite stand: Hl. Sebastian.

Lange konnte sie den Blick nicht von dem Bild lösen, dann blätterte sie weiter zum nächsten Bild. Dort sah sie einen jungen Mann abgebildet, der sich vor einem Mann mit Bart kniete und mit demütiger Gebärde sein Haupt bis zum Boden neigte. Über ihm breitete der Bärtige seine Arme aus und er hatte einen warmherzigen Ausdruck in seinen Augen, er freute sich offensichtlich. Darunter stand: Die Heimkehr des verlorenen Sohns.

Von unten hörte Polly plötzlich die vertraute Schulglocke und gleich darauf lautes Trampeln von vielen Füßen und Geschrei, Pausengeschrei. Wie sie es hasste, diesen Lärm, das „Geschubbse", das Geschrei. Ängstlich drückte sie sich in eine Ecke, das große schwere Buch engumschlungen. Es würde doch hoffentlich niemand heraufkommen. Nach einer endlos scheinenden Wartezeit ertönte wieder die Klingel und langsam hörte das Füßescharren, das Getrippel auf und mit einem Mal wurde Polly klar, hier konnte sie nicht bleiben. Sie hatte eine Stunde Zeit, um sich vom Dachboden ungesehen zu verdrücken.

Aber dieses wunderbare Buch würde sie mitnehmen, es stehlen, niemand würde es vermissen, deutete doch die Staubschicht daraufhin, dass es lange nicht mehr benutzt wurde. Sie schlich sich vorsichtig die steile Holztreppe wieder hinunter, legte das Buch zart auf einer der Stufen ab und öffnete die Türe einen Spalt, schaute hinaus, ob die Luft rein war. Nichts zu sehen, nichts zu hören.

Sie nahm das Buch, drückte es fest an sich und ging auf Zehenspitzen, so schnell sie konnte, das Treppenhaus hinunter bis zum Ausgang. Dort lauschte sie noch einmal und verließ, so schnell sie ihre Füße trugen, das Schulhaus. Sie rannte und rannte und das in Richtung Wald, denn sie wollte keinesfalls jemanden begegnen und deren dumme Fragen beantworten, warum sie nicht in der Schule war. Ihren kostbaren Schatz in den Armen lief sie fast eine Stunde entlang der Rehpfade, vermied die belebten Wege und erst als sich die innere Aufregung langsam legte und sie sich schweratmend ins weiche Moos fallen ließ, fühlte sie sich befreit. Lange blätterte sie in dem Buch, das sich Bibel nannte und betrachtete intensiv die bunten Bilder von Gott, den Engeln und den Märtyrern. Sie verstaute das schwere Buch in ihrem Rucksack zwischen den Schulbüchern,

Schließlich erhob sie sich wieder und wanderte weiter. Wohin sollte sie gehen? Sie lief und lief, hatte aber nicht darauf geachtet, wohin sie gelaufen war und jetzt völlig die Orientierung verloren. Es schien schon dunkel zu werden, zwischen den Bäumen sah sie kaum noch die Hand vor den Augen. Hilflos sah sie sich um und ging tastend weiter. Allmählich kroch Angst in ihr hoch, sie dachte an ihr Zuhause. Wahrscheinlich saß ihre Familie jetzt um den Tisch herum, aß zu Abend und wunderte sich, warum sie nicht da war. Aber sie vertrödelte sich ja oft und es dauerte noch länger, bis sie sich nach Hause traute, weil sie genau wusste, dass es wieder Schläge hagelte und sah ihren schadenfrohen Bruder im Geiste vor sich. Sollten sie sich ruhig ein wenig Sorgen machen.

Polly war einfach weitergegangen, jetzt blieb sie auf einem Weg, der musste ja irgendwohin führen. Allmählich begann sie sich zu fürchten, obwohl sie sonst nicht ängstlich war, aber es wurde dunkler und dunkler, nicht einmal der Mond schien. Sie begann mit ausgestreckten Händen durch die Dunkelheit weiterzugehen, und fürchtete schon an einen Baum zu prallen. Nach einer weiteren Stunde des Umherirrens, zitterten ihre Mundwinkel verdächtig, aber sie nahm sich zusammen, sie wollte nicht weinen, was sollte Weinen schon nützen. Schließlich setzte sie sich auf einen Stamm, nahm den schweren Rucksack ab und überlegte, was sie tun sollte.

Die Geräusche der Nacht waren unheimlich, bald knackte es hier mal und dann wieder raschelte es dort. Es war irgendwie gruselig und der Gedanke hier im Wald übernachten zu müssen, ließ sie erschauern. Zum Glück war es eine laue Sommernacht. Sie setzte sich neben den Baumstamm auf moosigen Untergrund, lehnte sich an. Bald übermannte sie die Müdigkeit und die Augen fielen ihr immer wieder zu. Sie versuchte wach zu bleiben, aber je länger sie angestrengt ins Dunkle lauschte, desto schwerer fiel ihr das. Schließlich schlief sie in dieser Haltung ganz ein.

Sehr früh am Morgen, als die ersten wärmenden Sonnenstrahlen durch die hohen Tannen drangen, erwachte Polly von Schmerzen. Kein Wunder, sie hatte die ganze Nacht zusammengekauert an einem Baumstamm gelehnt verbracht. Sie sah die Sonne, war fast geblendet und dann schaute sie sich um und erschrak, wie nah bei ihr, in aller Seelen Ruhe, ein Reh graste. Dass Rehe scheue Tiere waren und sich vor Menschen fürchteten, das wusste sie mit ihren neun Jahren.

Sie beobachtete eine Weile sehr gespannt das Reh, aber sie spürte ihre immer noch schlafenden Füße, die dringend bewegt werden wollten. Aber sie hatte Angst dabei, das Reh zu vertreiben, deshalb hielt sie den Schmerz noch eine Weile aus. Dann aber war er unerträglich und sie streckte ganz langsam erst das eine Bein und dann das andere.

Das Reh sah kurz auf, schaute zu ihr herüber und graste weiter. Polly überlegte, was sie wohl tun sollte, sie schaute sich um und nichts kam ihr bekannt vor. Nur der lichte Wald und dieses Reh. Sie spürte Hunger in ihren Eingeweiden und fragte sich, wie lange man wohl ohne Essen überleben könnte.

Da hörte sie plötzlich eine Stimme: „Hallo Mädchen, ich weiß wo es Nüsse gibt!" Polly sah sich erschreckt um, wer hatte da gesprochen, immer noch konnte sie niemanden sehen. Das Reh sah sie intensiv an. Seit wann konnten Rehe sprechen? „Komm, folge mir!", sprach die Stimme wieder, aber das Reh hatte seinen Mund nicht bewegt. Das Reh machte zwei Sprünge vorwärts und schaute dann zurück zu ihr, es neigte kurz den Kopf und es sah so aus, als wollte es damit sagen: Komm! Polly sah sich noch einmal um, konnte das wahr sein?

Dann nahm sie den Rucksack und folgte dem Reh. Nach einer kleinen Weile blieb das Reh stehen und sie hörte wieder diese Stimme: „Hier sind die Nüsse und dort vorne ist ein kleiner Bach." Polly sah auf den Boden und tatsächlich waren überall Bucheckern, das waren zwar keine Nüsse, aber für ein Reh, sahen sie wohl so aus und schmeckten ähnlich. Sie wusste von ihrem Bruder, dass man die Bucheckern schälen konnte und dann auch essen.

Sie setzte sich auf den Boden und begann die kleinen Früchte zu entkernen. Sie schmeckten wirklich gut, zwar war es etwas mühsam, aber sie sättigten sie. Das Reh graste inzwischen ruhig weiter. Polly ging zu dem Bach, dessen

Plätschern sie schon längere Zeit hörte und schöpfte ein paar Handvoll von dem klaren Wasser. So, nun fühlte sie sich besser, das Bauchgrimmen hatte aufgehört und sie wurde wieder zuversichtlicher.

Als sie sich zu dem Reh umdrehte und es fragen wollte, wie es jetzt wohl weitergehen soll, war es nirgendwo mehr zu sehen. Hatte sie das geträumt? Sie kniff sich in den Arm. AUTSCH, sie war offensichtlich wach. Was nun? Wie sollte sie den Weg zurück finden? Nun, sie würde einfach weitergehen, irgendwann musste der Wald ja aufhören. Sie stapfte tapfer weiter und blieb diesmal auf den Wegen.

Die Morgensonne stieg langsam höher und wärmte sie wunderbar und auch das Licht, das durch die Bäume schien, gefiel ihr und sie dachte noch, wenn die Nächte nicht wären, dann wäre es doch eigentlich sehr schön im Wald. Kaum hatte sie das fertig gedacht, tat sich vor ihr eine Lichtung auf und sie sah ein kleines Häuschen an einen Felsen geschmiegt.

Sie ging darauf zu und ihr Herz klopfte laut, wer da wohl wohnte? Sie hörte ein Singen hinter dem Haus und rief zaghaft: „Hallo!" Das Singen verstummte und kurze Zeit später kam eine blonde Frau um die Ecke des Häuschens. „Hallo

31

mein Kind, hast du dich verlaufen?" „Ja!",
antwortete Polly. „Komm erst mal herein in die
Stube, du bist sicher durstig". Drinnen stellte ihr
die Frau ein Glas Milch hin und Polly sah sich
um. Es gab ganz viele Bilder in dem kleinen
Raum, ansonsten war er sehr spärlich
eingerichtet. In der Ecke auf einem Kamin lag
zusammengerollt eine rote getigerte Katze. „Darf
ich sie streicheln?", fragte Polly. „Natürlich", war
die Antwort. Polly ging zu der Katze und die ließ
sich streicheln und schnurrte behaglich. Polly war
ganz glücklich, sie hatte sich schon immer eine
Katze gewünscht, aber das war in ihrer Familie
nicht möglich.

Die freundliche Frau erzählte ihr, dass die
Katze Lurina hieß und dass sie bald Junge
bekommen würde. "Wann?", wollte Polly wissen.
„Sehr bald Liebes". Polly war erstaunt, noch nie
zuvor hatte sie jemand so genannt. Sie sah sich
sehr genau die Bilder an, es waren
wunderschöne Bilder mit viel Strahlen und vielen
Lichtern. „Hast du sie gemalt?" „Ja, die habe ich
alle gemalt, ich bin Malerin und Heilerin". „Was
heilst du denn?" Polly war neugierig. „Oh, ich
heile Seelen." Polly fragte weiter: „Können denn
Seelen krank sein?"

„Oh ja Polly, das können sie. Manche Seelen sind zum Beispiel so verzweifelt, dass sie kein Licht mehr sehen und einfach sterben." Polly wurde sehr nachdenklich. Ob sie eine gesunde Seele hatte? Aber sie traute sich nicht zu fragen. Stattdessen stellte sie eine andere Frage: „Woran erkennt man denn, dass eine Seele krank ist?" „Hmm, also ich sehe das immer", meinte die Malerin, „aber andere Menschen können das auch erkennen, vor allem, wenn sie den Menschen gut kennen, dann spüren sie es auch. Sie sehen es vielleicht nicht direkt, aber man kann es fühlen."

Polly hatte so viele Fragen und am liebsten hätte sie die alle auf einmal gestellt, denn meistens hatte niemand Zeit und Lust, ihr überhaupt zuzuhören. Aber diese Frau war so freundlich und trotzdem traute sie sich nicht, ihr all diese Fragen zu stellen. Eine Weile schwiegen sie und dann meinte die Frau, so als ob sie genau wusste was in Pollys Herzen war: „Nun, liebes Mädchen, du kannst mich alles fragen, egal was es ist." „Wirklich?" „Ja, wirklich!" Polly nahm sich ein Herz und stellte die nächste Frage: „Kannst du auch sehen, ob meine Seele krank ist?" „Ja, Polly-Mädchen, das kann ich." Aber jetzt bekam Polly Angst und deshalb lenkte sie schnell ab. „Woran erkennt man denn, wenn eine Seele krank ist?" „Meinst du wie ich das sehe? Oder wie andere Menschen das sehen?" „Wie andere Menschen das sehen.", meinte Polly schnell. „Also wenn Menschen jemanden sehr lieb haben und sehr aufmerksam sind, können sie es an der Art des Lächelns oder dass dieser Mensch gar nicht mehr lächelt bzw. er sehr ernst ist, erkennen. Er weint vielleicht nachts heimlich oder er macht alles ganz langsam und hat keine Kraft mehr. Manchmal bekommen diese Menschen auch ständig Krankheiten und wenn niemand da ist, der ihnen hilft oder sie sich selbst nicht helfen können, sterben sie." Polly wurde sehr nachdenklich. „Und wie siehst du wann die Seele krank ist?" „Also ich sehe, dass sein Leuchten trüber wird und seine Farben dunkler und gar kein Strahlen mehr da ist, zugleich kaum noch Bewegung in seinem Umfeld besteht." Endlich wagte Polly die entscheidende Frage zu stellen, die in ihr brannte: „Und was siehst du bei mir?" „Komm her Polly!" Das Mädchen kam ganz nahe zu ihr und die Heilerin nahm sie in die Arme. „Bei dir sehe ich, dass du ganz blasse und schöne Farben hast, Pastellfarben. Aber diese strahlen nicht weit von dir ab, so als wollten sie nicht gesehen werden. Das ist immer ein Zeichen von Angst, weißt du. Ich sehe auch in der Nähe deines Herzens viele graue Wölkchen und ich kann daran erkennen, dass du ganz tief in dir drinnen ziemlich traurig bist. Was macht dich denn so traurig?" Polly war ganz verlegen geworden und wusste nicht was sie darauf antworten sollte und schnell rief sie: „Und deine Bilder, was bedeuten die?" Die Frau lächelte und antwortete ihr: „Meine Bilder sind Visionen des Lichtes. Durch sie bringe ich mehr Licht auf die Erde und in die Herzen der Menschen. Welches Bild gefällt dir denn am besten?" Polly wanderte von einem Bild zum anderen und sagte dann: „Dieses hier, das ist so schön, es zeigt wie ein Engel ein kleines Kind hält."

„Ja, das ist schön. Dieser Engel hat das Kind ganz umfangen im Licht und beschützt es. Es ist sein Schutzengel! Du hast auch so einen Schutzengel. Weißt du das?" „Ich auch?" „Ja, jeder Mensch hier auf Erden hat so einen Schutzengel, der passt auf einen auf!" „Ehrlich?" „Ja und wenn du willst, schenke ich dir dieses Bild." Polly konnte es kaum glauben, so ein schönes Bild und es sollte ihr gehören. Sie betrachtete es lange und während sie es betrachtete, veränderte es sich. Der Engel wendete sich zur Seite und sah sie an und die Hände, die vorher ein Kind hielten, waren jetzt ausgebreitet, so als wollte er sagen – komm in meine Arme – und sein Gesicht war so voller

Liebe, seine Flügel leuchteten in allen Regenbogenfarben und urplötzlich zwinkerte er ihr sogar zu.

Polly war ganz erschrocken, ob mit ihr etwas nicht stimmte, vielleicht mit ihren Augen nicht. Doch die Frau sagte, so als hätte sie ihre Gedanken gelesen: "Es ist alles in Ordnung, hab keine Angst, du hast bloß eben deinen eigenen Schutzengel kennengelernt. Das geht jedem so, der in das Bild schaut." All das war Polly ein wenig unheimlich und sie lief schnell zu ihrem Schulrucksack und zeigte der lieben Frau ihre neue Errungenschaft.

Beide schauten die Bibel an mit den zum Teil wirklich grausigen Bildern von den Märtyrern und dann brach es plötzlich aus Polly heraus: „Aber deine Bilder sind viel schöner. Wieso verändern sich deine Bilder, wenn man sie anschaut?" „Weil sie Seelenbilder sind und dadurch lebendig werden." Damit konnte nun Polly nicht viel anfangen und sie sprach weiter: "Weißt du, ich möchte eigentlich bei dir bleiben." „Einverstanden, aber du musst mir erzählen, warum du statt nach Hause lieber hier bleiben willst." „Na, halt weil es hier viel schöner ist." „So? Was ist denn schöner?" „Na alles. Hier sind lebendige Bilder, eine Katze, die bald Junge kriegt und du bist nett." „ Sind die zu Hause denn nicht nett zu dir?" „Nein, mein Bruder ärgert mich immer und meiner Mutter bin ich egal und sie schlägt mich auch immer obwohl ich gar nix tue. Meinen Bruder mag sie auch viel lieber und die Milch schmeckt hier auch viel besser. Du, können Rehe sprechen?"

„Ja Polly, Rehe haben auch eine Sprache. Hat eines zu dir gesprochen?" „Ja, ich glaub schon, hier im Wald, aber nicht so direkt." „Du meinst, es hat nicht mit seinem Mund gesprochen?" „Ja genau!" Die Frau erklärte: „Nun, es gibt auch eine andere Art des Miteinander-Redens, das nennt man Gedankenlesen. Offensichtlich kannst du diese Sprache verstehen, das ist toll. Wollen wir es mal zusammen versuchen?" „Oh ja!", rief Polly begeistert.

Sie schwiegen eine Weile und tatsächlich hörte sie plötzlich eine Stimme in ihrem Kopf: „Hallo kleines Mädchen, du kannst hier solange bleiben wie du willst und dann siehst du auch bald die kleinen Kätzchen." Polly strengte sich mächtig an und versuchte in Gedanken auch etwas zu sagen: „Juhu, ich bleibe hier, ich bleibe hier und sehe die Kätzchen." „Du musst dich nicht so anstrengen, du bekommst sonst noch Kopfweh, ich höre dich sehr gut."

So kam es, dass Polly hier blieb. Sie schlief auf dem Dachboden des kleinen Häuschens, da gab es ein wunderbar weiches Bett aus Heu und sie konnte die ganze Nacht aus dem kleinen Dachfenster herausschauen, direkt in den Sternenhimmel. Manchmal sah sie auch eine Sternschnuppe und dann wünschte sie sich jedes Mal etwas.

Sie bekam dort auch oft Besuch von mehreren Mäuschen und sie konnte sich auch mit den Mäusen in der neuen Sprache unterhalten. Denn die Gedankensprache versteht jeder, egal welche Muttersprache er spricht. Es war sehr lustig für Polly in der Gedankensprache zu sprechen. Sie hatte in der nächsten Zeit viele Gelegenheiten dafür, denn rund um das Häuschen lebten viele Tiere, die gar nicht scheu waren und sich auch anfassen ließen. So führte sie Gespräche mit der Katze Lurina, mit dem Fuchs Schlemi, mit dem Reh Dilana und vielen Vögeln, Eichhörnchen, Maulwürfen und sogar mit den Regenwürmern.

Polly war stundenlang draußen in der Sonne und sprach auf diese Weise mit den Tieren des Waldes und hatte großen Spaß. Sie kam dann ganz müde und verschwitzt, aber begeistert ins Häuschen zurück, wo schon immer der Tisch reichlich gedeckt war und die freundliche Frau sie mit einem Lächeln erwartete. Diese erzählte ihr am Abend viele interessante Geschichten, die alle wahr waren. Sie lernte viel von dieser Frau und war so glücklich wie noch nie in ihrem Leben.

Drei Jahre blieb sie bei dieser Frau und lernte viel über das wirkliche Leben, aber am meisten lernte sie, wie man bedingungslos liebt. Und eines Tages erinnerte sie diese Frau, die sie inzwischen Raphaelina nannte, an ihre Familie. Diese hatte Polly fast vergessen. Aber seit die Frau sie daran erinnerte, dachte sie immer öfter an ihre Mutter und ihren Bruder, auch an die Schule und ihre Klassenkameraden. Allmählich hatte sie immer mehr Mühe, diese Gedanken wegzuschieben, so als müsste sie sich damit beschäftigen. Und so sprach sie mit Raphaelina darüber und die meinte: „Polly, weißt du, wir sind alle hier um einen Auftrag zu erledigen und wir haben uns selbst die Familie ausgesucht, in die wir hineingeboren wurden. Denn wir haben schon viele Leben gelebt und in all diesen Leben haben wir viel gelernt. Wenn wir das Leben beendet haben, fügen wir diese Erfahrungen dem großen Ganzen hinzu und machen es zu einem größeren All-Einen. Dann sehen wir, was noch fehlt und erklären uns für die nächste

Erfahrung in einem Leben bereit und gehen genau dorthin, wo wir die besten Bedingungen finden, wo wir diese fehlenden Erfahrungen machen können."

„Was glaubst du, warum du in diese Familie als Polly geboren werden wolltest?" „Ich weiß nicht", antwortete Polly nachdenklich. Die nächsten Wochen hörte Raphaelina Polly oft mit den Tieren über dieses Thema sprechen und diskutieren.

Eines Tages kam sie abends heim zu der Frau und sagte: „Ich weiß es jetzt. Ich muss nach Hause zurück", sagte sie ernst. „So, warum denn?", fragte Raphaelina. „Weil ich jetzt weiß, dass ich auch eine Aufgabe habe." „Erzählst du mir, was für eine Aufgabe das ist?" Polly meinte: „Also mir ist jetzt klar, dass ich all das Schöne, was ich hier erlebt habe, weitergeben muss.

Meine Mam und mein Bruder haben keine Ahnung wie schön das Leben sein kann, wenn man liebevoll miteinander umgeht. Ich bin auch in diese Welt gekommen, um mehr Licht in das Leben anderer Menschen zu bringen und es ist einfach nicht in Ordnung, wenn ich mich hier an diesem wunderbaren Ort nur ausruhe. Ich glaube, ich habe jetzt genug Liebe und Kraft aufgesaugt, dass ich jetzt auch etwas abgeben kann." Und sie fügte noch mit Tränen in den Augen dazu: „Liebe Raphaelina, ich danke dir für alles, was du mich gelehrt hast und für all die Liebe, die du mir geschenkt hast und es fällt mir ganz arg schwer von dir und all dem hier wegzugehen, aber es muss sein. Morgen gehe ich zurück."

Polly trödelte am nächsten Morgen noch ein wenig, sie war ein bisschen traurig, aber ein Teil ihres Herzens freute sich auch auf die Mutter und den Bruder. Sie streichelte lange Lurina, die inzwischen ihre drei Jungen bekommen hatte und spielte noch eine Weile mit den süßen kleinen Kätzchen, die lustig herumbalgten.

Beim morgendlichen Frühstück sprach keiner. Schließlich stand die Frau auf und kam mit dem Schutzengelbild wieder und meinte: „Polly, hier das ist deins, du kannst es mitnehmen. Zeig dieses Bild deiner Familie, es wird auch ihr Herz öffnen und du wirst es leichter haben, Liebes." Polly brachte nur ein tränenersticktes „Danke" heraus, nahm ihr Rucksäckchen und trat auf die sonnendurchflutete Veranda. Dort warteten ihre Freunde, der Fuchs und das Reh schon auf sie und sie freute sich, dass diese ihr anboten, sie durch den Wald zu begleiten.

Noch einmal umarmte Polly Raphaelina und spürte wie eine wunderbare Kraft sie durchdrang Dann machte sie sich auf den Weg. 200 Meter weiter drehte sie sich noch einmal um, winkte und sah die strahlende Gestalt im Sonnenlicht und es schien ihr, als leuchtete sie heute besonders wunderbar.

Maniolo

Die Nacht war lang, lang und schlaflos. Egal dachte Maniolo, ich werde es auch so schaffen. Man würde nicht merken, wenn er unausgeschlafen aussah. Aber er würde sich konzentrieren müssen, mehr als sonst. Er ging zu der bereit gelegten Kleidung, zog sie sich an, schulterte den vorbereiteten Rucksack und zog leise und langsam die Türe hinter sich zu. Er wollte niemanden um diese frühe Zeit aufwecken. Er trat hinaus in die sternenklare Nacht und genoss die klare Luft. Er spürte keine Müdigkeit, im Gegenteil, er fühlte sich äußerst wach. Er würde der erste sein, dachte Maniolo, aber das machte nichts.

Als er am Treffpunkt ankam, setzte er sich gemütlich auf einen der großen Steine an der Wegkreuzung. Er genoss die Stille, als er Schritte hinter sich vernahm. Er wunderte sich, denn es war noch mehr als eine Stunde bis zum Treffen und er war sehr neugierig. Plötzlich wurde es völlig dunkel, die Sterne waren nicht mehr zu sehen und die Dunkelheit erschien undurchdringlich. Die Schritte näherten sich und schienen schließlich genau neben ihm anzuhalten. Maniolo rief ein Hallo, doch niemand antwortete ihm und je länger die Stille anhielt und niemand ihm antwortete, desto unheimlicher war ihm. Er glaubte dicht vor sich jemanden wahrzunehmen, es schien ihm, als atme jemand ganz nah vor ihm, aber sicher war er nicht.

Er rief noch einmal ein Hallo und wieder antwortete ihm keiner. „Das ist mir zu blöd!", mit diesen Worten nahm er seinen Rucksack und öffnete ihn, nahm sein Frühstücksbrot heraus und begann zu kauen. Er aß eher aus Verlegenheit, denn Maniolo war nun echt irritiert und gerade als er zum wiederholten Mal in sein Brot beißen wollte, riss es ihm jemand weg. „Was soll das?", empört sich Maniolo, aber es war immer noch stockfinster. Jetzt hörte er auch noch jemanden ganz deutlich kauen. Da aß doch glatt jemand sein Brot weiter. „Das schlägt aber jetzt dem Fass den Boden aus!", rief er laut und begann nach dem Kaugeräusch zu schlagen, traf aber nur ins Leere.

Das Kauen hatte jetzt für einen kurzen Moment aufgehört. Doch schon bald konnte Maniolo wieder regelmäßige Kautöne hören und diese Unverschämtheit machte ihn fassungslos. Jetzt beschloss er, einfach zu warten. Es musste ja bald hell werden und dann würde er diesen frechen Dieb schon sehen. Er musste nicht mehr lange warten, da zeigte sich auch schon ein rosa Schimmer am Horizont und als er in die Richtung der Kaugeräusche schaute, hätte er etwas oder jemanden sehen müssen. Zumindest einen

Schatten, doch da war nichts und auch von seinem Brot war nichts mehr zu sehen. Das Kauen allerdings nahm er nach wie vor wahr.

Der mangelnde Schlaf schien ihm wohl den Verstand geraubt zu haben. Er beschloss, ab sofort dieses Geräusch zu ignorieren und machte seine Augen zu. Kurze Zeit später hörte er Stimmen und er öffnete seine Augen und er sah fünf Leute mit Rucksack die Straße herunter kommen, die ihm schon von weitem winkten. Das war die Gruppe und je näher sie kam, desto mehr gelang es ihm, das Kauen nicht mehr so intensiv wahrzunehmen. Nach der allseitigen Begrüßung fragte er kurz in die Runde: „Habt ihr etwas gehört?" Die Gruppe wurde still und lauschte. Aber keiner vernahm etwas. Maniolo schüttelte den Kopf und meinte, dass sie jetzt losgehen sollten, da sie vollzählig waren.

Der Aufstieg dauerte fast vier Stunden und die ganze Zeit über hörte Maniolo diese seltsamen Geräusche, die niemand außer ihm wahrnahm. Erst am Gipfel, wo seine Mitstreiter dann ihre Brote auspackten und anfingen zu essen, hörte dieses verdammte Kauen auf. Er beobachte sehr genau seine Begleiter und Karl, ein großer, kräftiger Kerl, blickte verwundert auf seine leere Hand und dann noch verwunderter in die Runde.

Begegnung

Seufzend schritt Parius den Feldweg entlang. Er war ganz in Gedanken. In seinem Inneren liefen viele Filme ab. Er war grenzenlos erleichtert. Eine Riesenlast war von ihm gefallen. Er spürte es deutlich und es kam ihm fast wie ein Wunder vor. Wie war es möglich, dass er sich so viele Jahre, nein sein ganzes Leben, mit all dem herum gequält hatte und nie den Schlüssel gefunden hatte, wo er doch direkt vor ihm lag. Er ärgerte sich wegen seiner Vernageltheit.

Er schritt energisch und energiegeladen aus. Es fühlte sich fast an wie Schweben, so leicht war ihm mit einem Mal ums Herz. Aber er erinnerte sich noch sehr gut an das Gefühl der Schwere, das ihm nahezu zur Gewohnheit geworden war.

Während er, völlig fasziniert von seinem neuen Lebensgefühl, dahin schritt, merkte er gar nicht, dass ihm ein Mann entgegen kam. Er erschrak sehr, als er diesen plötzlich vor sich sah. Es war ein stattlicher, großer, jugendlich erscheinenden Mann, der aber beim näheren Hinschauen, gar nicht mehr so jung war. Er schritt ebenso wie Parius energiegeladen und aufrecht auf ihn zu. Seine Augen blitzten ihn freundlich und neugierig an. Als sie auf gleicher Höhe waren, sprach ihn der Ältere an: „Können Sie mir sagen, wo es hier zur Seligkeit geht?" Parius blieb erstaunt stehen. Auf diese Frage konnte er wirklich keine Antwort geben. Doch stattdessen sah er diesem beeindruckenden Wanderer in die Augen, lächelte ihm zu und es sprach aus ihm: „Überall und nirgends, nicht wahr?"

Der Blick des Fremden wurde sehr intensiv und nach einer langen Pause, so schien es Parius, antwortete dieser: „Danke, das war die Antwort, die ich erhofft hatte. Ich wünsche Ihnen noch einen schönen Tag." Er verneigte sich und ging weiter. Parius blickte der Gestalt noch lange nach. Irritiert fragte er sich, was das gerade gewesen war. Endlich riss er seinen Blick von der immer kleiner werdenden Figur los und setzte seinen Weg fort. In ihm wiederholte sich fortwährend ständig die Antwort des Unbekannten und seine gegebene Antwort, die er selbst nicht verstand. Noch nicht!

Fegefeuer

Ruben lag auf der Wiese, die Augen himmelwärts gerichtet und blinzelte in die Richtung der Wolke, die wie ein Luftballon aussah, an dem ein nicht erkennbares Wesen hing.

Seine Phantasie flog mit diesem Ballon samt seiner unbekannten Last, verschmolz langsam mit ihr und er begann scheinbar zu fühlen, was diese Gestalt da oben fühlte.

Er glitt langsam über die farbigen Felder unter ihm, sah auf Augenhöhe die kreisenden Vögel um sich herum und fühlte sich leicht und glücklich, so schwerelos. Dann richtete sich sein inneres Gewahrsein auf seine eigene Gestalt. Er versuchte zu ergründen, wer er war, sah an sich herab und bemerkte, dass seine Füße barfuß waren und schwarz. Er erschrak, er hatte doch tatsächlich krallenförmige Zehen, drei Stück an der Zahl und an jedem Fuß.

Oh Gott, dachte er, was war er wohl für ein gefährliches Ungetüm mit solchen scharfen Krallen und versuchte mehr von sich zu sehen, aber wie erstarrt, konnte er den Blick nicht von seinen schwarzen Füßen lösen. Ein zähes Ringen folgte nun und er sah endlich wieder die Landschaft unter ihm und allmählich entspannte er sich wieder und vergaß allmählich seinen Schrecken über das Aussehen seiner Füße. Er nahm wieder die herrliche Gegend wahr, und versank in ihr. Da bemerkte er, dass er vortreffliche Augen hatte und er sie sogar „verstellen" konnte. Er war in der Lage, bestimmte Dinge in seinen Fokus so nah heran zu zoomen, dass er beispielsweise die spärlichen Federn eines jungen Vogels, in einem weit entfernten Nest, so dicht heran zoomen konnte, dass es ihm vorkam, er könnte danach greifen. In Wahrheit aber befand er sich in mindestens 500 Meter Höhe über dem Boden.

Nun schwebte er, inzwischen neugierig geworden, weiter über ein Tal, einen Fluss und einem Dorf. Die Sonne schien stechend auf seinen Rücken. Er spürte die heißen Strahlen so stark, dass es ihm im Rücken richtig brannte. Da sah er unter sich einen Schatten und als er genauer hinschaute, nahm er die Konturen eines riesigen Vogels, mit weit ausgebreiteten Schwingen wahr. Der Kopf des Vogels hatte ein Gesicht, er sah die Konturen ganz deutlich. Aber es war kein Vogelgesicht, nein wahrlich nicht, es hatte keinen Schnabel, sondern die lieblichen Konturen eines wahrhaft wunderschönen Menschengesichtes, umrahmt von lockigem Haar, das im Winde wehte.

Dann ging alles sehr schnell. Er sah mit Blick auf den Schatten, dass sich ein anderes Flügelwesen näherte, das mit seinen spitzen Schnabel schließlich auf den Ballon einstach. Ruben hörte einen heftigen Knall, dann ein Zischen und spürte wie er in immer schnellerer Geschwindigkeit dem Boden entgegenraste.

Er würde zerschellen, das war gewiss, aber als er kurz vor dem Aufprall war, fühlte er sich hochgehoben und schwebte wieder himmelwärts, geradewegs empor zu den Schönwetterwolken. Und als Ruben hinauf schaute, um zu sehen, was ihn da trug, blickte er geradewegs in die liebevollen Augen diese Engelwesens, das er vorher bereits im Schatten gesehen hatte. Dann riss er seinen Blick los von diesem wunderschönen Gesicht und blickte hinunter zu seinen Füssen und sah wieder die schwarzen Krallen. Er konnte nun nicht mehr unterscheiden, ob es wirklich seine Krallen waren oder die des engelhaften Wesens, das ihn trug.

Lago di Garda

Ein See, ein Boot und ein Ruder. Dieses einzelne Ruder schaukelte auf den Wellen des Sees. Es trieb herrenlos dahin, wer weiß, wie lange schon. Der alte Mann mit seiner Angel, der am frühen Morgen auf dem See fischte, wie jeden Morgen, beugte sich weit vor, um es herauszuholen. Er streckte sich so sehr, bis es in seiner Schulter knackste und der Schmerz ihm befahl, in der Bewegung innezuhalten. Doch er ließ nicht locker, bekam mit den Fingerspitzen das Holz zu fassen und zog es ins Boot. Es fühlte sich schleimig von den Algen an. Offensichtlich lag es schon eine Zeit lang im Wasser. Wie es wohl dorthin gekommen war?

Vielleicht hatte sich auf dem See ein Drama abgespielt, vielleicht war jemand gekentert und ertrunken? Fischer Alessio Carrano schloss kurz die Augen, die Sonne stand schon ziemlich grell am Himmel und das Wasser reflektierte das Licht noch stärker. Er sah ohnehin schon ziemlich schlecht, so schlecht, dass seine Frau ihm ständig Vorwürfe machte, weil er mit seinen 75 Jahren jeden Morgen, bei jedem Wind und Wetter, alleine auf den großen See raus fuhr, der eher einem Meer glich. „Du verdammter

Blindfischer, irgendwann siehst Du gar nichts mehr und kommst nicht mehr zurück!", keifte sie sorgenvoll. Wie so oft war auch sie eine Person, die ihre Angst und Sorge hinter Geschimpfe verbarg.

Er hatte keine Angst davor, einmal draußen zu bleiben. Er war hier in seinem Element. Während er so mit geschlossenen Augen das Ruder hielt, sah er in Gedanken ganz deutlich ein Kind. Es war ein kleines Mädchen mit blonden Haaren, das in einem winzigen Boot saß und weinte. Er sah auch, dass das Boot wie eine Nussschale trieb, kein Ruder war zu sehen.

Je mehr der Fischer sein Augenlicht verlor, desto mehr sah und fühlte er diese inneren Bilder. Aber er sprach mit niemanden darüber, er wollte nicht für einen Sonderling gehalten werden. Doch diesmal war es anders. Er wusste nicht ob das Mädchen vielleicht noch lebte, denn er sah es zwar weinend, aber lebend und es konnte doch schließlich sein, dass es wirklich noch am Leben war. Er öffnete wieder die Augen und suchte die Umgebung mit seinen schwachen Augen ab, aber er sah nichts. Eine Weile überlegte er, dann ruderte er zurück an Land, legte direkt vor der Wasserwacht an und stieg ächzend mit dem gefundenen Ruder aus dem Boot. Ein Mann von der Wasserwacht kam schnellen Schrittes heran und wollte ihm helfen. Fischer Carrano grüßte ihn und traute sich nicht so richtig, mehr zu sagen. Man würde ihn sicher für verrückt halten, wie sollte er es anfangen, welche Erklärung sollte er für das gefundene Ruder geben? Schließlich überwand er sich und sagte mit knappen Worten, was er sagen musste: „Also ich habe dieses Paddel gefunden, mitten auf dem See." Er deutete auf das Paddel im Boot. „Hattet ihr vielleicht in letzter Zeit eine Vermisstenmeldung?" Der Mann von der Wasserwacht meinte: „Ja, die kleine Lissi ist seit gestern verschwunden und auch ein Boot wird vermisst. Können Sie genau beschreiben, wo Sie das Paddel gefunden haben?" Alessio schüttelte den Kopf und sah auf die schimmernde See hinaus. Doch dann hob sich sein Arm und er deutete gegen Westen.

Plötzlich hatte er wieder ein Bild vor Augen und sagte: „Es muss am westlichen Ufer sein, das Boot hat sich wohl in den Schlingpflanzen und im Schilf verfangen." Der hochgewachsene Mann von der Wacht sah misstrauisch auf den komischen alten Kauz vor sich. Er hatte mit zwei seiner Kollegen bereits gestern das besagte Ufer des Sees stundenlang erfolglos abgesucht und er fragte ihn nach seinem Namen und seiner Adresse. Alessio Carrano hörte förmlich sein

Misstrauen, obwohl kein Wort fiel, aber er spürte deutlich, dass der Mann ihn verdächtigte, vielleicht einer dieser „Lustmolche" zu sein, die ein Kind missbrauchten und es dann umbrachten. Das hatte er nun davon. Er ging erschöpft nach Hause und beruhigte sich damit, dass er getan hatte, was er tun musste, egal was nun daraus folgte.

Am übernächsten Tag las er in der Zeitung: „Vermisste Achtjährige endlich nach 32 Stunden gefunden. Dehydriert, aber ansonsten unversehrt fand man das Mädchen in einem Schilfmeer am Ufer des Lago di Garda, nachdem ein Fischer ein einsames Paddel im See entdeckt hatte."

Alessio Carrano war erleichtert, grenzenlos erleichtert. Das Mädchen war gerettet worden. Fröhlich lächelnd blickte ihn das blonde kleine Mädchen aus seiner Vision nun aus dem Bild in der Zeitung an.

Die Zeitung

Hey", rief ihr der Mann hinterher. Corinna drehte sich um und betrachtete den grimmig blickenden Mann. Er sah irgendwie verlottert aus, mindestens ein fünf Tage alter Bart zierte sein Gesicht. Seine Kleidung war fleckig und zerknittert, als wäre er gerade aus einer Mülltonne gestiegen. Wieso blieb sie eigentlich stehen? Doch irgendetwas war an ihm und so fragte sie ihn: „Was ist?" „Sie sind auf mein Essen gestiegen!", antwortete er. Sie blickte zu Boden und sah die Zeitung, die zu seinen Füßen lag. „Das ist ihr Essen?", lachte Corinna. „Oh, ja, sehen Sie, das ist eine besondere Zeitung. Werfen Sie ruhig einmal einen Blick darauf!", erwiderte er.

Sie ging ein paar Schritte zurück und stellte sich so, dass sie die große Überschrift lesen konnte. Da stand: Es ist ein wundervoller Tag und jede Begegnung hat einen Sinn für dich. Lass es zu und sehe die Glanzseite deines Gegenübers. Corinna blickte wieder hoch und sah den zerlumpten Kerl an. Ihr fiel auf, dass er wache blitzende Augen hatte und auch seine Hände waren feingliedrig und erstaunlich sauber. Die Fingernägel hatten keine Trauerränder, so wie man es bei ihm vermuten könnte. Sie schaute ihm wieder ins Gesicht und plötzlich fand sie sein Lächeln anziehend, aber auch leicht spöttisch. Er trug einen großen Ohrring am linken Ohr und ein breitkrempiger Hut verlieh ihm eine gewisse Vornehmheit.

Corinna wurde zunehmend irritierter. Alles an dieser Gestalt schien widersprüchlich zu sein und entzog sich jeder Einordnung. Der Mann bückte sich und hob die Zeitung auf. Während er sie akkurat zusammenfaltete, fiel Corinna auf, dass die darauf zu sehende Schrift nicht schwarz war, sondern violett und irgendwie schimmerte. „Kann ich die Zeitung mal genauer ansehen?" fragte sie den seltsamen Mann. Der reichte sie ihr nach kurzem Zögern. Corinna nahm die Zeitung und als sie die Zeitung aufschlug, waren da keine gedruckte Schrift mehr, sondern eine Art Display. Dort bewegten sich Bilder, als würde sie in einen Fernseher schauen. Erschrocken sah sie sich selbst, wie sie gerade über die Straße ging. Sie sah nicht den Bus beim Überqueren. Offenbar war sie tief in Gedanken versunken.

Sie sah wie der Bus sie erfasste und sie hoch in die Luft geschleudert wurde. Corinna stockte das Blut, denn sie konnte auch sehen, wie die großen Vorderräder sie anschließend überrollten. Sie sah die zerschmetterten Glieder und den blutenden Schädel, ihren Schädel, auf der Teerstraße liegen.

Schockiert blickte sie hoch und sah auf den Mann, der immer noch vor ihr stand und schaute wieder auf die Zeitung. Aber nun war da wieder die ganz normale Schrift zu sehen, kein Ablaufen von Bildern mehr. Sie las auf der Seite die Überschrift: Heute wurde eine 32-Jährige Frau tödlich von einem Bus erfasst. Corinna schlug panisch die Zeitung zu, als könnte sie damit die Nachricht ungeschehen machen. Sie sah, dass es die Zeitung von Morgen war und sie dachte nur, dass sie jetzt wohl verrückt geworden war.

Als sie sich ein wenig beruhigt hatte, bemerkte sie, dass sie immer noch mitten auf dem Gehweg stand und die Zeitung in der Hand hielt.

Sie suchte den bärtigen Mann. Der saß inzwischen auf dem Boden, mit seinem Hut vor sich liegend, eine Zeitung lag fein säuberlich gefaltet vor ihm. Corinna verstand nichts mehr. Verstört blickte sie auf die Zeitung in ihrer Hand und sah, dass dort das heutige Datum stand.

Der Bettler am Boden winkte ihr lächelnd zu und sie begann ihre Füße wie automatisch in Richtung Zuhause zu lenken. In ihrer Wohnung angekommen, durchsuchte sie hektisch die ganze Zeitung nach irgendeiner Notiz, aber sie fand nur die üblichen Meldungen darin.

Der Spaziergang

Heilende Gebete – las sie auf dem Schild. Was war das? fragte sich Selma. Sie konnte sich darunter gar nichts vorstellen. Mit kleiner Schrift stand darunter: Jetzt und immer. Seltsame Sachen gibt es, dachte sie und plötzlich sagte eine Stimme neben ihr: „Kommt Ihnen das komisch vor?" Selma drehte sich zu dem Mann um, der da sprach. Er war groß und schlank, mit langen welligen aschblonden Haaren und trug eine Art Kaftan. Sie versuchte sein Alter zu schätzen, konnte es aber nicht. Der Mann war nicht mehr jung, aber auch nicht alt. Er blickte sie mit einem sanften Lächeln an. Sie wusste nicht, was sie sagen sollte.

Weil sie schwieg, redete er weiter: „Die meisten finden dieses Schild komisch."

Selma las noch einmal die Worte auf dem Schild, es war aus Holz und die Schrift im leuchtenden Blau. Es schien ihr, als wäre die Schrift lebendig, sie strahlte eine Energie aus, sprang sie fast an, so dass sie wie hypnotisiert darauf starrte. Der Mann an ihrer rechten Seite sprach weiter und riss sie förmlich aus ihrer Trance. „Gebete sind immer heilsam, sie wirken immer, auch jetzt. Sind Sie glücklich?" Was für eine Frage war das. Was ging ihn, den Fremden, das an. Sie erschrak, als sie sich selbst sprechen hörte: „Wer ist das schon!" Das war ein Eingeständnis, oder? Nein, sie war nicht glücklich, wie auch. Zu Hause war ihr todkranker Vater und sie hatte die gleiche Krankheit wie er, bei ihr würde sie schon viel früher ausbrechen

Chorea Huntington war eine Nervenkrankheit, die manchmal schon bei Jugendlichen ausbrach. Sie hatte erst vor kurzem die letzte Untersuchung gehabt und man hatte die ersten Anzeichen entdeckt. Sie war erst 25 und war wahrscheinlich mit 40 schon tot und dieser Tod war ein grausamer. Ein völliger Zerfall ihres Gehirns. Nein, sie war natürlich nicht glücklich.

Diesen Spaziergang, hier zu diesem Schild, hatte sie eigentlich gemacht, um sich darüber klar zu werden, ob sie bereit war, dieses Schicksal anzunehmen oder ob sie lieber das Leben beenden sollte, bevor sie in die grässlichen Stadien kam. Und da stand sie nun vor diesem Schild! Eigentlich war sie gläubig, aber heilende Gebete? Sie wendete sich an den Mann, der immer noch still neben ihr stand und sie interessiert betrachtete. Er hatte einen klaren Blick und schien freundlich zu sein. „Kommen Sie mit mir!", sagte er leise. Selma zögerte kurz, dann nickte sie und dachte, warum nicht, was habe ich schon zu verlieren. Sie folgte dem Mann in dem langen Gewand und sie kamen an eine Kapelle. Er bedeutete ihr einzutreten und mitten im Kirchenraum war eine Liege.

Mit einer auffordernden Bewegung lud er sie ein, darauf Platz zu nehmen. Sie legte sich auf den roten Bezug und betrachtete auf dem Rücken liegend die Kapellenkuppel, die aus wunderschönem buntem Glas war. Während sie dort staunend lag, versank sie wieder in eine Art Trance, in der sie aber genau bemerkte, dass der Mann inzwischen Gebete murmelte. Sie wurde müde und schloss die Augen. Plötzlich fühlte sie eine Wärme in ihrer Herzgegend, die sich strahlend langsam ausdehnte, bis ihr Körper sich gänzlich warm und vibrierend anfühlte.

Selma wusste nicht wie lange sie dort auf der Liege lag und die wohltuende Wärme spürte, die sie durchströmte, ihr Zeitgefühl war verschwunden.

Langsam öffnete sie die Augen und sah den Himmel über sich, makellos blau. Die Kapelle war fort, der Mann war auch nicht mehr zu sehen und nicht einmal das Schild mit der Aufschrift „Heilende Gebete" war da. Hatte sie geträumt?

Sie erhob sich von der Wiese und ging beschwingt nach Hause, um nach ihrem Vater zu sehen. Schon lange hatte sie sich nicht mehr so leicht und frei gefühlt.

Als sie die Türe zum Schlafzimmer öffnete, saß ihr Vater auf der Bettkante und sagte zu ihr: „Selma Liebes, es geht mir gut!" Sie war völlig fassungslos, er hatte sie wiedererkannt, seit Monaten war das nicht mehr der Fall gewesen.

Bruder Midnight

Garia und Tano verließen gerade die Hölle. Als sie auf der Spitze des Berges angelangt waren, legten sie sich erschöpft auf die kühle Erde. Der Aufstieg war ihnen wie ein Marathonlauf vorgekommen. Schwer atmend lagen sie still auf der Erde, zu keiner Bewegung fähig.

Als erstes kam Tano einigermaßen wieder zu Atem, so dass er sprechen konnte: „Wir hatten wirklich Glück, sie wollten uns um jeden Preis dabehalten." Garia antwortete nicht darauf, sie lag bewegungslos da.

Tano ließ die letzten Tage noch einmal Revue passieren. Er durchlebte dabei die ganze unterirdische Reise noch einmal in Gedanken und erhob sich schließlich schaudernd mit den Worten: „Wie geht es dir Garia? Kannst du wieder laufen? Wir müssen weg hier und zwar schnell." Doch von dem immer noch am Boden liegenden Mädchen kam kein Laut. Tano ging zu ihr, rüttelte sie ein wenig, doch sie rührte sich nicht. Jetzt bekam es Tano mit der Angst zu tun. Er drehte sie auf den Rücken, strich ihr die Haare aus dem schmutzigen Gesicht und fürchtete schon, sie würde nicht mehr atmen. Aber dann sah er, wie sich ihr Brustkorb hob und senkte. Er schlug ihr leicht auf die Backe und schrie sie an: „Wach auf! Was ist denn los?" Der junge Mann überlegte fieberhaft. Was sollte er tun? Er konnte sie hier nicht liegen lassen. Wieder schlug er sie auf die Wange, diesmal heftiger, aber sie schien bewusstlos. Er blickte ins Tal hinunter und sah die vielen Lichter eines Dorfes in der Nacht. Über ihm leuchtete der fast volle Mond. Er würde sie eben tragen, das Mondlicht würde ihm den Weg ausleuchten. Er hob das Mädchen hoch und machte sich an den Abstieg. Seine Last war gar nicht so schwer wie er gedacht hatte und es ging ja abwärts. Mehr als eine halbe Stunde war vergangen, die Lichter waren kaum näher gekommen, nein, sie schienen ihm sogar noch entfernter und der Mädchenkörper wog inzwischen wie eine Fuhre Blei.

Tano hatte den Körper des Mädchens über die Schulter gelegt, schlaff hing sie an seiner linken Seite kopfüber herunter. Er würde sie nicht mehr lange so tragen können. Es schien ihm nach einer weiteren Viertelstunde, als entfernten sich die Lichter auf die er zuging mit jedem Schritt mehr. Er ging auf die Knie und lud vorsichtig die bewusstlose Garia auf der Wiese ab. Schweratmend legte er sich daneben.

Als er die Augen aufmachte, war die Dämmerung schon herauf gekrochen und er erschrak. Eine Gestalt in braunschwarzer Kutte stand über ihm gebeugt und redete ihn an. „Hallo, ich bin Bruder Midnight, kann ich euch helfen?" „Oh ja!", rief Tano erleichtert und warf einen Blick nach links wo er Garia hatte zuletzt liegen sehen. Wo war sie? Neben ihm lag nur ein Golden Retriever, so wie er einen in seiner Kindheit gehabt hatte. Ja, genau so einer und nun hatte der Hund sich erhoben und leckte ihm das Gesicht, so wie es auch damals sein Hund, wie hieß er doch gleich, immer getan hatte. Jetzt fiel ihm der Name wieder ein. Karos murmelte er leise und der Hund reagierte mit freudigem Schwanzwedeln und fuhr ihm noch schneller mit seiner Zunge über Gesicht und Hals.

Tano spürte wie seine Verwunderung einem Gefühl der Angst wich. Er konnte nicht einordnen was hier geschah, er fürchtete den Verstand zu verlieren. Der Mönch winkte ihm und Tano erhob sich und folgte dem Mönch. Erst nach einer Weile bemerkte er, dass der Hund ihnen folgte und er sah auch, dass sie sich auf eine Burg, nein, eher ein Kloster, zubewegten. Als sie durch das Tor traten und über den Hof mit einem Brunnen gingen, blieb der Mönch stehen und füllte seine hohlen Hände mit Wasser und hielt sie dem Hund hin. Dankbar wedelnd schlappte der Hund das Wasser aus den Händen des freundlichen Mannes.

Dann bedeutete der Mönch ihm, er möge sich waschen und entfernte sich. Tano zögerte noch, sah sich um, aber keine Seele war zu sehen und so zog er sein Hemd aus und wusch sich mit dem eiskalten Wasser. Er schaute sich kurz sein Spiegelbild auf der Wasseroberfläche an und sah die Verwunderung in seinem Gesicht. Schnell tauchte er ein und als er wieder auftauchte, stand der Mönch mit einem Handtuch da. Er nahm es dankend und trocknete sich ab. Er hatte gehofft, dass er mit dem Untertauchen auch aus diesem Traum erwachen würde. Nun gab er nach und folgte dem Mönch in das Gebäude, während der Hund nicht von seiner Seite wich.

Tano wurde zu einem spärlich gedeckten Holztisch geführt und ein einfaches Mahl war aufgetischt. Der Mönch hatte ihn allein gelassen und Tano zögerte, ob er wirklich den Brei vor sich essen sollte. Er fühlte sich nicht hungrig, nur verwirrt und er blickte nachdenklich auf den Hund zu seinen Füßen. Dann entschied er sich, wenigstens aus dem Krug zu trinken. Er füllte den tönernen Becher mit klarem Wasser und begann gierig zu trinken. Mit jedem Schluck veränderten sich die Farben um ihn herum und alles wurde heller, bis er gar nichts mehr sah.

Dann war alles vorbei, er setzte den Krug ab und sah sich, rund um den Tisch mit elf Mönchen, beim Essen. Vor sich hatte er nicht mehr den grauen Essensbrei sondern ein Kartoffelgericht. Verwundert begann er nach dem Löffel zu greifen, da sah er, dass sein Arm in einem braunen Ärmel steckte und als er an sich herunter blickte, fand er sich in eben der gleichen Kutte wie die anderen Mönche.

Träumeli

Edvina erzählte ihrer besten Freundin: „Mein Vater sagt, ich bin ein Träumeli, aber das ist nicht wahr. Träume sind keine Schäume, denn sie können Wirklichkeit werden, man muss nur richtig fest daran glauben!" „Ne, glaub ich nicht", meinte Ella, „man muss Realist sein in dieser Welt, sonst geht man unter." Aber Edvina dachte sich ihren Teil, sie wollte nicht in einer Welt leben, in der man sich lediglich abfindet mit dem was ist.

Es stimmte schon, sie hatte viele Träume. Sie spürte sehr genau, dass das noch nicht alles war und noch viel Neues auf sie wartete. Ihre innere Stimme hatte sie noch nie in die Irre geführt. Sie vertraute ihr. Und überhaupt, sie erlebte ständig Neues, hinter jeder Ecke schienen neue Abenteuer zu warten. Schon wenn sie in der Welt ihrer Bücher versank, erfasste sie eine solche Begeisterung und ihr schienen diese Welten darin, zum Greifen nah.

Gestern erst hatte sie von diesem sagenhaften Land namens Walurien gelesen. Dort gab es wunderbare Möglichkeiten. Es lebte dort ein Volk das die „Rosaroten" genannt wurde. Sie waren total friedlich und nahmen nur Flüssigkeiten zu sich, die sie aus Beeren und

Obst zubereiteten. Daher hatten sie auch den Namen, denn dieses Getränk war meist in rosa Schattierungen. Sogar die Haut dieser Menschen schimmerte rosa. Sie musste an die Flamingos denken, sie ernährten sich von den roten Krebsen und ihr Gefieder war deshalb auch nahezu lachsfarben. Als sie diese Geschichte las, kam ihr das gar nicht absurd vor und sie glaubte stellenweise sogar, das rosa Getränk zu schmecken.

„Du hast schon immer eine sehr große Einbildungskraft gehabt", hatte vor kurzem ihr Vater gesagt. Er meinte es scheinbar irgendwie abwertend. Aber Edwina fand, dass eine reiche Vorstellungskraft und eine Offenheit für alle Lebensweisen, keineswegs ein Nachteil waren. Schon als Kind sah sie immer all die Fabelwesen wie Elfen, Zwerge und Naturgeister. Sie sprach mit Ihnen und sie erzählten ihr viele Geschichten über die Entstehung der Erde und wie alles zusammenhing.

Wenn sie davon ihren Eltern erzählte, dann lächelten sie nur. Zumindest war das so, als sie noch unter zehn Jahre alt war. Dann fing es an, dass sie sorgenvoll schauten, wenn sie begeistert von diesen Erlebnissen berichtete. Allmählich behielt sie dann das meiste für sich, aber es machte sie traurig. Jetzt mit ihren 17

Jahren fand sie nur noch selten die Gelegenheit, in den Wäldern umherzustreifen. Aber heute hatte sie sich vor den Lernaufgaben für das Abitur gedrückt und beschlossen in den Wald, gleich hinter ihrem Elternhaus, zu gehen. Sie schritt schnell auf dem moosigen Waldweg dahin zu ihrem Lieblingsplatz.

Sie sah schon von weitem die Lichtung, doch heute schimmerte das Licht besonders hell. Es war als ginge dort eine Sonne auf. Je mehr sie sich näherte, desto heller schien ihr alles rund um sie herum. Auch spürte sie, wie die Erde leise unter ihr vibrierte. Eine Art Summen spürte sie überall. Dann hörte sie einen Singsang, jemand sang ein monotones Lied: „Mantumanum Valeyum", hörte sie unentwegt. Es klang wie ein Zauberspruch. Schließlich sah sie eine Gestalt inmitten einer hellen Lichtung sitzen. Eine hochgewachsene Frau, in einem lila Kleid, saß an einem fast weißen Feuer. In den Händen, hoch über ihren Kopf, lag ein Wesen, das wunderschön leuchtete. Es schien ein kleines Kind zu sein, das schlief. Sie wiegte es hin und her, während sie immer wieder die beiden Worte wie ein Mantra sang. Schließlich verstummte sie und legte das leuchtende Wesen in ihren Schoß.

Die wunderschöne Frau hatte sie erblickt und winkte sie zu sich. Behutsam näherte sich

Edwina und blickte fasziniert auf das von innen her leuchtende, wunderschöne Gesicht der Frau und auf das Kind in ihrem Schoß. Sie kniete sich neben die Beiden und wartete. Als der Blick der Frau sie traf, wusste sie, dass sie vor ihr nichts verbergen konnte, denn sie spürte, dass sie in ihrer Seele las.

Nach einer Weile des Schweigens sprach die Frau: „Ich bin Meranta, die Hüterin der traurigen Seelen. Ich freue mich, dass du hergefunden hast. Ich will Dir gerne helfen. Du musst mir nur vertrauen und alles wird gut werden. Siehst du dieses Kind in meinen Armen?" Edvina nickte. Meranta fuhr fort: „Bald wirst du selbst ein Kind wie dieses in dir spüren. Lass es sich frei entwickeln. Es wird dich lehren, wie du selbst zu dir stehen kannst, ohne dich zu verbiegen. Wenn es dir bei diesem Kind gelingt, es so anzunehmen, wie es ist, hast du deine Lebensprüfung bestanden und du wirst glücklich sein und nicht mehr diese Traurigkeit in dir spüren. Sei gesegnet!" Nach diesen vermittelten Worten, begann die Lichtgestalt zu flimmern, wurde schwächer und verschwand schließlich ganz. Edvina stand allein mitten in der Lichtung und fragte sich, ob sie das wirklich erlebt hatte. Nachdenklich ging sie den Weg zurück, als sie plötzlich Schritte hinter sich hörte. Sie drehte sich um und ein junger Mann holte sie schließlich ein. „Junge Frau, bitte, darf ich Sie kurz fragen? Haben Sie keine Angst vor mir. Ich will nur den Weg nach Orgenta erfragen, können Sie ihn mir zeigen?" Edvina war stehen geblieben und musterte den gut gekleideten Mann. Sein Gesicht war freundlich und lächelte breit. Er sah vertrauenswürdig aus und so gab sie ihm bereitwillig Auskunft.

Er bedankte sich überschwänglich und verbeugte sich tief vor ihr. Sie war belustigt darüber, schließlich war das eine altertümliche Art, sich zu benehmen. Aber irgendwie fand sie ihn dennoch sympathisch und da sie den gleichen Weg vor sich hatten, gingen sie gemeinsam nach Orgenta.

Zwei Wochen später sah sie ihn unerwartet wieder. Von ihrer vollen Einkaufstasche war der Griff gerissen und die Lebensmittel rollten über den Gehweg halb auf die Straße. Er war ihr zu Hilfe geeilt und sammelte die herumliegenden Dinge wieder ein. Danach lud er sie ins Café gegenüber ein, auf einen Kaffee. Seine Freude über das Wiedersehen brachte er so offen und begeistert zum Ausdruck, dass sie nicht anders konnte, als ihm zu zustimmen.

So saßen sie sich bei einem Cappuccino gegenüber und lachten viel miteinander. Er stellte sich als Franus Campus vor. Seine Familie kam ursprünglich aus Spanien, aber lebte schon seit über 20 Jahren hier. Plötzlich wurde er ernst und beugte sich vor: „Wissen sie junge Frau, es war seltsam, an jenem Tag, als ich sie im Wald traf. Ich hatte wohl am Vortag ein wenig zu doll gefeiert, denn ich konnte mich nicht mehr daran erinnern, wie ich in diesem Wald gekommen war. Aber denken sie jetzt nicht, ich wäre ein Saufbold. Soviel hatte ich gar nicht getrunken auf der Party. Vielleicht haben sie mir irgendwas ins Glas geschüttet. Jedenfalls war ich sehr verwirrt, als ich entdeckte, dass ich in diesem, mir unbekannten Wald war. Gottseidank traf ich dann sie, ich wäre verloren gewesen ohne sie."

Edvina hörte ihm aufmerksam zu und ihr Erlebnis mit der schönen Frau und dem Kind auf der Lichtung fielen ihr wieder ein. Und mit einmal sah sie Franus Aura sehr deutlich schimmern, er leuchtete förmlich durchsichtig. Da wusste sie genau, dass ihr dieser Mann nicht ohne Grund geschickt worden war.

Ein Jahr später war sie mit Franus verheiratet und sie spürte bereits die sanften Bewegungen in ihrem Körper, die Vorboten eines Kindes.

Franus umsorgte sie so sehr, dass es ihr schon fast zu viel wurde. Wenn er nicht zu Hause war, machte sie lange Spaziergänge und suchte auch den Wald mit der Lichtung auf. Aber alles sah völlig normal aus und sie konnte nichts Ungewöhnliches mehr entdecken. Als sie dann wieder den Heimweg antrat, spürte sie eine leichte Enttäuschung in sich. Wahrscheinlich war alles nur ein Traum gewesen. Aber dann wäre auch Franus ein Traum, oder? Das lange Nachdenken half auch nichts, sie musste es wohl so stehen lassen. Sie hatte jetzt auch andere Dinge, um die sie sich kümmern musste. Sie richtete wochenlang das Kinderzimmer ein, strickte und nähte Babykleidung und malte sich das Leben zu Dritt aus.

Der Tag der Geburt näherte sich und Edvina konnte es kaum erwarten die Beschwerlichkeiten ihres kugeligen Körpers loszuwerden. Auch freute sie sich unbeschreiblich auf das kleine Wesen in ihr. Sie sprach jeden Tag mit dem Kind, erzählte ihm Märchen und von den Zukunftsplänen. Abends, wenn Franus nach Hause kam von der Arbeit, legte er als erstes das Ohr an den runden Bauch und sagte immer zu ihr: „Hörst du, wie er spricht, ein bisschen gurgelig, aber er hat ganz deutlich Papa gesagt." Dann lachten sie gemeinsam und er trug Edvina auf die Couch, legte ihr die Füße hoch und behandelte sie wie ein „rohes Ei".

Edvina begann sich Sorgen zu machen. Franus sprach immer von einem ER und sie spürte genau, dass es ein Mädchen werden würde. Sie fragte sich, ob er wohl enttäuscht wäre über eine Tochter und nahm es sich immer wieder vor, ihn zur Rede zu stellen. Aber dann schob sie es doch noch vor sich her.

Schließlich setzten die Wehen ein, es war an einem Wochenende und Franus war zu Hause. Total aufgeregt fuhr er die werdende Mutter ins Krankenhaus und drei Stunden später war das neue Erdenwesen geboren. Es war in der Tat ein Mädchen und es hatte einen fast goldgelben Teint. Die Ärzte nahmen es gleich an sich, um es auf Gelbsucht zu untersuchen. Sie kamen zurück mit dem Kind und meinten, es wäre keine Gelbsucht, sie hätten sich geirrt. Das Kind habe wohl von sich aus so eine Hautfarbe. Überhaupt war das Kind anders. Es schrie nicht, es weinte nicht, selbst als es wegen dieses fehlenden Verhaltens noch mehrmals untersucht wurde. Schließlich gaben die Ärzte auf und meinten, es wäre wohl alles in Ordnung.

Franus holte sehr bald seine Frau und sein Kind nach Hause. Sie wollten nicht ständig die sorgenvollen Blicke der Ärzte sehen. Beide waren sich sicher, dass mit dem Kind alles in Ordnung war.

Edvina wusste allerdings, dass es ein besonderes Kind war, denn sie hatte sehr wohl bemerkt, dass es genauso aussah wie das Kind, das sie damals im Schoß der Frau, auf der Lichtung, gesehen hatte. Auch konnte sie seit der Geburt bei jedem Menschen die Aura sehen und, die ihres Kindes war anders, auch das sah sie.

Sie sprach mit niemanden darüber, auch nicht mit Franus. Er schwelgte so sehr im Glück des Vaterseins und das wollte sie auf keinen Fall stören.

Etwa ein Jahr später bemerkten auch Franus und außenstehende Menschen, dass Malina, wie sie ihre Tochter nannten, anders war. Sie weinte und schrie immer noch nicht, sie lachte auch nicht. Dafür aber machte sie seltsame Zeichen mit den Händen und sprach in glucksenden Lauten einer fremden Sprache. Mit acht Monaten war sie plötzlich aufgestanden und gelaufen, ohne jede Vorübung.

War jemand in ihrer Nähe, der weinte, Kummer oder Schmerzen hatte, dann ging sie zu ihm und legte ihm die Hände auf irgendwelche Stellen. Kurz danach verspürten diese Menschen Linderung und es ging Ihnen bald wieder gut.

Es sprach sich bald herum und es kamen unentwegt fremde Menschen in ihr Haus. Edvina und Franus beschlossen schließlich von diesem

Ort wegzuziehen, weil sie wollten, dass Malina unbeschwert aufwachsen sollte.

So zogen sie auf das Land und kauften einen Bauernhof. Dort lief Malina den ganzen Tag herum, streichelte Kühe, Schafe und Ziegen, sprang mit den Hunden, kraulte die Katzen und lag stundenlang auf der Wiese. Sie sprach in ihrer besonderen Sprache mit den Mäusen, Käfern und Ameisen. Auch da zog es Malina vorwiegend zu den kranken Tieren. Sie heilte alles, was verletzt oder nicht ganz gesund war.

Für Franus und Edvina war alles zu einer Selbstverständlichkeit geworden. Sie sahen ihre Aufgabe darin, Malina gewähren zu lassen, sie schreiben und lesen zu lehren und verstanden ihre glucksenden Laute bald so, als wären sie in ihrer eigenen Sprache gesprochen worden. Sie schützten sie vor anderen Menschen und so kam es, dass sie vor Besuchern immer versteckt wurde. Übrigens war Malina ein wunderschönes zartgliedriges blondes Mädchen, sie hatte einen ganz liebevollen Blick, wenn sie einen anschaute. Ihre Augen glänzten grüngolden und sprühten förmlich. Ihre Hände waren klein. Zart legte sie sie den Hilfebedürftigen auf, und ließ sie erst wieder sinken, wenn die Heilung eingesetzt hatte.

Elora

Sie sollte die Welt retten. So stand es geschrieben. Die Pfauen riefen es stets durch die Auen. Die Krähen krächzten es von den Baumwipfeln. Die Rotkehlchen sangen es aus vollem Halse. Sogar die Mäuse piepten es durch die unterirdischen Gänge. Alle wussten es. Alle erwarteten es. Doch niemand hatte Elora je gesehen. Es ging um, dass sie eine Fee wäre. Andere wussten scheinbar ganz genau, dass Elora eine Trollin war. Wieder andere waren davon überzeugt, dass sie ein Engelwesen sein müsste. Keiner wusste es genau und die meisten Menschenkinder glaubten, dass Elora ein Fabelwesen sei, das nur in der Phantasie bestand, eben ein Märchen.

Doch Marla wuchs in dem Glauben auf, dass es Elora wirklich gab und man sie finden konnte. Das kam vor allem daher, dass sie unter außergewöhnlichen Umständen aufwuchs. Ihre Mutter war eine Hexe, ihr Vater ein Zauberer. Marla selbst war mit der Gabe gesegnet, dass sie in jedem Wesen, das ihr begegnete, die Wahrheit sah. Sie wusste nicht, dass dies eine Gabe war, denn sie nahm immer an, dass alle die Wahrheit sehen konnten. Marla sprach auch mit niemanden darüber, weil dieses Sehen nicht in Worte zu kleiden war. Es fand in einer wortlosen Art statt. Sie erfasste die Wahrheiten immer nur mit Hilfe von Farb- und Lichtschattierungen und Gefühlen, die sie erfassten, wenn sie einem Wesen, gleich welcher Art, gegenüber stand. Dann sah sie Farben und wabernde Schattierungen von ganz hell zu ganz dunkel. Diese Eindrücke vermittelten ihr ein Gefühl von Lüge oder Wahrheit.

Manchmal wurde sie ganz traurig davon. Denn es gab viele Menschen, die nicht die Wahrheit sagten. Es gab so viel Lüge in der Welt. Nur bei den Tieren erlebte sie etwas anderes. Die Tiere logen auch manchmal. Das heißt, sie täuschten oft Friedlichkeit oder Harmlosigkeit vor, um zu verbergen, dass sie auf Beute aus waren. Aber sie taten das nur, um zu überleben, denn sie mussten sich ja ernähren.

Die Menschen allerdings logen aus vielerlei Gründen, die gar nicht notwendig waren. Sie logen, um an unwichtige Dinge zu kommen, um einen guten Eindruck zu machen, um einer Strafe zu entgehen, die lediglich eine natürliche Konsequenz ihrer Taten waren. Manche logen auch, weil sie Gefallen daran hatten, andere zu täuschen. Wiederum andere logen, weil sie selbst die Wahrheit nicht mehr kannten und sich selbst täuschten. Dann gab es noch die Lügen aus Angst. Auch die waren vielfach in ihren Gründen. Es war beinahe unglaublich, wie viel die Menschen logen. Manchen war es zur zweiten Natur geworden und sie fanden daran gar nichts falsch. Manche waren so überzeugt von ihrer Lüge, dass diese plötzlich für sie zur Wahrheit wurde.

So kam es, dass Marla sich immer weniger zu den Menschen hingezogen fühlte und immer mehr für sich blieb. In der Natur war sie am liebsten. Die Bäume, das Gras und die Bäche logen niemals und alles Getier, das ihr begegnete, vermittelte ihr niemals das Gefühl von Unwahrheit. Auch ihre Eltern logen, sie wollten sie vor vielem beschützen. Hexen und Zauberer machten den Menschen Angst und deshalb waren ihre Eltern ständig dazu gezwungen, zu lügen, zu verbergen, dass sie über Kräfte verfügten, die den übrigen Menschen unheimlich waren und die sie vielleicht deswegen verfolgen würden. Vor vielen Jahrhunderten hatte man Menschen mit besonderen Kräften gevierteilt und verbrannt. Marlas Eltern logen auch sie an, sie wussten nicht, dass es sinnlos war und auch nicht, dass Marla die Unwahrheit sofort erkennen konnte.

So fühlte sich Marla sehr einsam, denn Lügen, egal von wem, waren ihr unerträglich. In der freien Natur aber konnte sie sich entspannen und seit sie nicht mehr zur Schule musste, da sie schon eine junge Frau war, konnte sie dort die meiste Zeit verbringen.

Eines Tages, als sie so durch den Wald lief, begegnete ihr ein Fuchs. Sie sah sofort, dass er in Not war, denn sein „Licht" zitterte sehr. Er war atemlos und sehr erschöpft. Sie sah in seinen Farben und Lichtern, dass er vor etwas floh und auch, dass er etwas beschützte. So war es auch. Der Fuchs war in die entgegengesetzte Richtung seines Baues gerannt, damit seine Gefährtin, die gerade sechs Junge säugte, vor den Häschern sicher war.

Marla hörte schon von weitem die jagenden Hunde und die Jäger, die auf Pferden folgten. Sie sah schon die Farben der Hunde und konnte den Eifer darin erkennen, ihren Herren zu gefallen. Der Fuchs hetzte weiter und warf ihr nur einen flüchtigen Blick zu, aber Marla traf er mitten ins Herz. Als der Fuchs schon längst verschwunden war, lief sie schnell zu der Stelle, da wo er zuletzt stehen geblieben war und wartete auf die Hunde. Die kamen auch schon angestoben, bremsten knurrend vor ihr ab und schnupperten irritiert nach der Fährte. Dann galoppierten auch schon die ersten Reiter heran. Der Vorderste brachte sein Pferd mit einem Aufbäumen zum Stehen, auch die anderen hielten an. „Was tust du hier Mädchen? Hast du dich verlaufen?" Marla schwieg.

„Wo wohnst du denn?" Sie sah dem, inzwischen vom Pferd abgesprungenen jungen Mann, herausfordernd in die Augen, schwieg aber. Er hatte schöne ehrliche Augen und sie konnte keine Lüge in seinen Farben erkennen. Die anderen Jäger wurden ungeduldig und die Hunde jaulten vor Jagdlust und warteten auf den Befehl weiter zu jagen. „Komm Parus, steig auf, wir wollten doch den Fuchs jagen, er entkommt uns sonst noch." Der junge Mann wollte schon wieder auf sein Pferd, um der Aufforderung seiner Freunde nachzukommen, da ließ ihn etwas zögern. Er rief seinen Freunden zu: „Reitet schon mal voran!" Seine Begleiter taten dies dann auch. Marla und Parus standen sich nun wortlos gegenüber.

Beide hörten die sich entfernenden Jagdgeräusche, und wussten nicht, was sie sagen sollten. „Hast du dich verirrt?" Parus wurde allmählich verlegen, als sie auch auf diese Frage immer noch nicht antwortete. „Bist du stumm? Kannst du nicht sprechen?", versuchte er es noch einmal. Marla schüttelte den Kopf. Sie spürte seine Verlegenheit und nahm die wechselnden Farben und Schattierungen wahr, die seine Gedanken hervorriefen. Es waren schöne Farben und Lichter, die sie da sah, wie sie diese bisher nur bei wenigen Menschen wahrgenommen hatte. Wie konnte er sich nur an so einer grausamen Jagd beteiligen? Sie sprach ihn schließlich an: „Wieso jagst du den armen Fuchs?" Parus wusste nicht, was er darauf antworten sollte. Er wurde verlegen und suchte nach einer Antwort. Schließlich meinte er: „Ich weiß auch nicht, eigentlich habe ich nichts gegen Füchse. Es sind schöne Tiere." Marla sah, dass er die Wahrheit sagte. „Dann lass es!", warf sie ihm harsch zu, drehte sich um und bald war sie zwischen den Bäumen verschwunden. Parus blickte ihr nachdenklich hinterher. Er stieg auf sein Pferd und folgte ihr langsam. Aber er konnte sie nirgendwo mehr erblicken und so ritt er zurück in sein Dorf.

In der folgenden Nacht träumte er von ihr. Sie blickte ihn vorwurfsvoll an und zeigte auf einen Holzstoß. Darauf lag der schöne Fuchs mit blutverschmierten Fell und heraushängender Zunge.

Als Parus erwachte, war ihm nicht gerade wohl und als er später ins Dorf ging, um seine Freunde zu fragen, wie die Jagd ausgegangen war, erzählten sie ihm, dass der Fuchs ihnen entwischt war. Das beruhigte ihn. Den ganzen

Tag über musste er an die Begegnung mit dem Mädchen und seinen Traum denken. Sie hatte Recht. Er war einfach in seinem Abenteurerdrang mitgeritten, ohne darüber nachzudenken, was er da tat.

Drei Tage später sattelte er wieder sein Pferd und wie automatisch zog es ihn in die Richtung des Waldes, wo er zuletzt das geheimnisvolle Mädchen gesehen hatte. Stunde um Stunde streifte er durch den Wald. Einmal wechselte ein wunderschöner Fuchs seinen Weg, blieb kurz stehen und fixierte ihn intensiv, bevor er weiter huschte. Er fragte sich, ob es dieser eine Fuchs wohl war, den er vor drei Tagen gejagt hatte. Von dem Mädchen sah er aber auf jenem Ausritt keine Spur. Ein wenig traurig ritt er in der Dämmerung zurück.

Zwei Monate später, er hatte die Begegnung schon beinahe vergessen, stand plötzlich dieses Mädchen, bei einem Spaziergang, wieder vor ihm. Sein Herz hüpfte ein wenig vor Freude und er grüßte sie freundlich. Er sprach sie an: „Darf ich Sie ein wenig begleiten?" Sie sah ihn nur kurz an und nickte ganz schwach. Sie gingen eine Weile schweigend nebeneinander her. Dann hielt Marla inne, drehte sich zu ihm und sah ihm in die Augen: „Meister Reineke ist entkommen, nicht wahr?" „Ja, ich war auch froh, als ich es hörte."

Sie setzten lächelnd ihren Weg fort und während er ihr von seinem Traum erzählte und wie ihm durch sie bewusst geworden war, dass es nicht in Ordnung war, dieses schöne Tier zu jagen, sah sie erfreut seine klaren Farben und Lichter, die frei von Lüge waren. Sie fasste auf einmal seine Hand und zog ihn fort auf die Lichtung zu. Sie liefen lachend Hand in Hand über die Blumenwiese und ließen sich schließlich erschöpft fallen. Marla flocht einen schönen Margeritenkranz, den sie sich auf das wunderschöne blonde Haar setzte. Sie steckte ihm schließlich eine Blume hinter das Ohr.

Von dieser Begegnung an verabredeten sie sich noch oft. Sie begannen sich mehr und mehr ineinander zu verlieben. Sie schworen, sich niemals anzulügen und ein Jahr später feierten sie Hochzeit. Vier Jahre später hatten sie gemeinsam zwei Kinder, ein Mädchen und einen Jungen. Auch diese Beiden hatten eine Gabe. Der Junge konnte ebenso wie Marla die Lüge erkennen und das Mädchen hieß Elora und wurde bald darauf berühmt, weil sie heilende Hände hatte und viele kranke Tiere heilte.

Von weit her kamen die Menschen mit ihren verletzten Tieren. Elora konnte auch Menschen heilen, aber das war ihr Geheimnis, denn die Menschen waren noch nicht so weit.

Ela und der Mond

Am späten Abend reckte Ela wieder ganz weit den Kopf aus dem Fenster, um nach dem Mond zu schauen. Sie wartete voller Sehnsucht auf sein Erscheinen am Nachthimmel. Dann endlich, es war schon weit nach Mitternacht, als sie ihn endlich zwischen den Baumwipfeln emporkommen sah. Glücklich schlüpfte sie schnell in ihre vorbereitete Kleidung, die warm und regenfest war. Dann schlich sie auf Zehenspitzen den Flur entlang, die Treppe hinunter, öffnete gaaanz langsam die Haustüre, die nur so ganz leise zu bewegen war. Leise schloss sie diese hinter sich und sprang mit frohem, leichtem Herzen den dunklen Pfad, Richtung Wallberg, entlang. Trotz der Nacht fürchtete sich Ela überhaupt nicht. Ihre Seele rief nach dem Mond und sie war nur erfüllt von dem baldigen Wiedersehen, von dem sie geträumt hatte.

In ihrem Traum flog ein unbekanntes, leuchtendes Wesen hinunter zum Wallberg, weil es eine Nachricht für sie hatte. Ela wusste nicht welche, nur dass diese sehr wichtig war und sie unbedingt an Ort und Stelle sein musste, sobald der Mond genau über dem Berg stand. Sie war ganz aufgeregt. Zum Glück war es eine laue

Sommernacht und sie hatte sich viel zu warm angezogen. Das Regencape breitete sie im Gras aus und legte sich darauf. Den Blick auf den Mond und die Sterne gerichtet, gingen ihr allerlei Gedanken durch das Köpfchen. Was das wohl für eine wichtige Nachricht war und warum ausgerechnet sie eine Nachricht erhalten sollte? Sie begann die Sterne zu zählen und dabei schlief sie schließlich ein.

Sie erwachte mit einem Brausen in ihren Ohren und als sie die Augen öffnete, sah sie ein helles Licht auf sich zu kommen. Sie sprang ganz schnell auf die Füße und breitete die Arme aus. Ela wurde von dem gleißenden Licht erfasst und fühlte sich hochgehoben. Sie schien durch den nächtlichen Himmel zu fliegen und spürte ein unendliches Glück in sich, wie sie es noch niemals verspürt hatte. Dann sah sie, nein, sie fühlte mehr ein tiefes Wissen in sich. Dieses vermittelte ihr eine wundervoll, geordnete Sicht auf alle Dinge in dieser Welt.

Sie erkannte den Sinn aller Geschehnisse auf dieser Welt und fühlte sich wunderbar geborgen. Alle Fragen, die sie in sich hatte, wurden im Moment des Denkens auch schon in Bildern und Gefühlen beantwortet. Sie spürte all die Weisheit eines allumfassenden Wissens in sich und wusste mit ihrem ganzen Sein, das dies alles wunderbar geordnet und geplant war. Ganz am Rande dachte Ela, dass sie jetzt wohl im Himmel und sicherlich tot war. Aber dies spielte keine Rolle, sie war unendlich glücklich und fühlte sich total geborgen. Sie verlor jedes Gefühl von Zeit, sie war in der Ewigkeit.

Dann wurde es langsam dunkel und sie zitterte am ganzen Leibe.

Sie öffnete die Augen und spürte ein Frösteln im ganzen Körper. Der Mond stand genau über ihr und gerade sah sie weiter entfernt, eine Sternschnuppe fallen. Schnell wünschte sie sich, dass sie dieses Erlebnis niemals vergessen würde.

Nach einer Weile wurde Ela so kalt, dass sie beschloss aufzustehen und ihr Regencape anzuziehen und um sich zu bewegen. Ihre Glieder waren ganz klamm von der langen Zeit des reglosen Liegens. Sie bedankte sich laut, wenn gleich ihr nicht ganz klar war, bei wem. Aber es war ihr ein Bedürfnis. Sie ging langsam und immer noch ganz erfüllt von ihrem Erlebnis zurück. Sie achtete nicht darauf, ob die Türe beim Eintreten in das Waisenhaus knarzte oder nicht. Sie lief die Treppe hinauf und entledigte sich ganz schnell der Kleider, schlüpfte in ihr Nachthemdchen und kuschelte sich in das warme Bett.

Zwischen Wachen und Träumen erlebte sie das eben Geschehene wieder und wieder und versuchte sich alles zu merken. Irgendwann schlief sie aber ein.

Am nächsten Morgen wusste sie nicht mehr alles, was sie auf jenem Wallberg erlebt hatte. Aber sie behielt immer das Wissen um die wunderbare Ordnung dieser Welt und spürte ihr Leben lang dieses Glück in sich, als tiefe Sehnsucht.

Als sie selbst Mutter von drei Kindern war, erzählte sie diesen oft von ihrem wunderbaren Erlebnis.

Der geheimnisvolle See

Edna sprang vom Baumstumpf aus in das kalte Wasser des Sees. Der Kopfsprung war ihr nicht ganz gelungen. Sie spürte ein leichtes Brennen auf dem Bauch, aber das Wasser war wunderbar kühl und die Haut brannte nicht lange. Sie schwamm mit geöffneten Augen durch das klare Wasser, spürte die schlanken, kleinen Fische an ihren Schenkeln vorbeigleiten. Es gab viele davon in diesem abseits gelegenen See. Sie sah im vorbeischwimmen, wie die Algen wedelten, ihr war so, als würden sie ihr zuwinken. Allmählich ging ihr die Luft aus und sie musste an die Oberfläche. Sie tauchte, in das von der Sonne gefärbte bunte Glitzern der Wasseroberfläche, auf. Zehn Mal atmete sie ruhig und tief. Dann tauchte sie wieder hinunter, in ihr Wasserreich, wie sie es nannte. Seit ihrer Kindheit erschien ihr das Wasser in allen Variationen immer wie zu ihr gehörend. Stundenlang planschte sie schon als ganz kleines Mädchen in der Badewanne oder in den Bächen. Von allem Wässrigen wurde sie magisch angezogen. So kam es, dass sie auch Menschen, die weinten, besonders mochte.

Mit zwei Jahren fiel sie damit auf, dass sie sich traurigen, weinenden Menschen sofort auf den Schoß setzte und mit einem sanften Streicheln diese Tränen von den Wangen trocknete. Aber das empfand ihre Umwelt als sehr unpassend und sie verboten ihr dieses Tun. Edna aber war immer noch fasziniert von den Tränen anderer, bis zum heutigen Tag. Und nun war sie bereits 17 und keiner konnte ihr mehr verbieten, andere zu trösten. Zwar streichelte sie jetzt nicht mehr die Wangen der Weinenden, aber sie konnte gut mit Worten streicheln und damit trösten.

Sie war wieder nach tiefem Luftholen weit hinuntergetaucht und fühlte sich wie einer der Fische, die ihr so flink auswichen. Dann sah sie im Augenwinkel etwas Ungewohntes auftauchen. Als sie näher hinsah, verschwamm es wieder vor ihrem Blick. Schnell tauchte sie hoch, um erneut Luft zu holen und dann ganz schnell wieder hinab. Suchend schwamm sie die Stelle ab, wo sie zuletzt dieses fremde Gebilde gesehen hatte. Da, da war es wieder! Es sah aus wie ein großer, dunkler Torbogen. Diesmal verschwand er nicht mehr vor ihren Augen und sie näherte sich, um ihn zu untersuchen. Ja, es schien ein Tor zu sein. Sie tauchte wieder hoch, weil sie dringend Luft brauchte.

Oben an der Wasserfläche überlegte sie lange, ob sie diesem Phänomen auf den Grund gehen sollte. Schließlich entschied sie sich! Sie holte einen besonders tiefen Atemzug und tauchte wieder hinab. Diesmal erschien ihr das Tor sogar näher und sie tauchte hindurch. Es schien eine längliche Höhle zu sein, dunkel, aber hell genug, um den Felsen zu folgen. Lange schwamm sie den Blasen im Wasser hinterher, dann stoppte sie. Die Luft würde jetzt gerade noch reichen, um zurück zu kehren, aber vielleicht könnte sie auch bereits ein paar Meter weiter hoch tauchen. Sie horchte in sich hinein und etwas in ihr rief, „schwimm weiter".

Nach einem kurzen Zögern tat sie das. Und dann merkte sie, dass sie keine Atemluft mehr hatte. Ein Zurück gab es nicht mehr. In Edna überschlugen sich die Gedanken. Das war also das Ende. Na, wenigstens würde sie in ihrem geliebten Element sterben. Ob man sie wohl je finden würde? Panik erfüllte sie, sie musste atmen, aber da war nur Wasser und panisch zappelte sie, versuchte das Unvermeidliche so lange wie möglich hinaus zu zögern. Es war eher ein Körperreflex, aber diese Panik des Leibes ging allmählich über in ihren Geist und verwirrte die Gedanken. Da tauchte ein Gesicht vor ihr auf. Es sah gütig aus, es beruhigte ein wenig ihre Gedanken. Immer noch schrie es in ihr: „Luft!" und sie blickte mit aufgerissenen Augen und zusammengepressten Mund auf das wabernde, lächelnde Gesicht vor ihr, hielt sich innerlich daran fest. Da hörte sie die beruhigenden Gedanken von diesem Gesicht ausgehend: „Hab keine Angst. Es wird dir nichts geschehen. Atme dein geliebtes Element in dich hinein. Fürchte dich nicht." Sie fühlte sich plötzlich ganz ruhig, öffnete den Mund, ließ ohne innere Gegenwehr das Wasser in sich hinein. Luftblasen stiegen hoch, ihr Körper zappelte noch, aber ihr Geist war völlig entspannt und sie ließ geschehen, was offensichtlich geschehen musste. Sie spürte, wie sich nach und nach auch der Körper beruhigte und schließlich ohne Eigenbewegung dahinschwebte, vom Wasser getragen.

Die freundlichen Augen deuteten ihr an, diesem Wesen zu folgen. Wie in einem Sog wurde sie weitergetragen, sah verwundert plötzlich eine wundervolle Unterwasserwelt, mit noch nie gesehenen Fisch- und Korallenarten. Sie musste in einem Korallenriff sein. Sie schwebte weiter dieser verschwommenen Gestalt nach. Sie sah, dass es wohl ein männliches Wesen war und das Wort „Wassergeist" kam ihr in den Sinn. Mit seinem Dreizack deutete er auf besondere Tiere und Korallenschönheiten, als wäre er ein Unterwasser-Fremdenführer.

Alles geschah mit einer unglaublichen Selbstverständlichkeit. Endlos bestaunte sie diese fremden Welten. Dann stoppte der Wassermann, vor ihr schwebend und wieder vernahm sie auf telepathischem Weg eine Nachricht: „Von hier kommst du! Du lebtest einstmals in dieser Welt. So wunderschön war sie einst. Diese Reise ist ein Geschenk von uns an dich, weil du dieses Element zu schätzen weißt. Nun sage ich Auf Wiedersehn. Vergiss uns nicht!"

Dann löste sich die Gestalt langsam auf, wurde zu glitzerndem Wasser und Edna fühlte sich hinaufgetragen.

Als sie wieder zu sich kam, lag sie am sonnenüberfluteten Ufer des Sees.

Die Verschmelzung

Wie war nun das wieder passiert. Ständig fand sich Lanora in solchen Situationen wieder. Offensichtlich war sie ein sehr unaufmerksamer Mensch oder vielleicht einfach nur unkonzentriert. Ja, es stimmte schon, sie hatte den Kopf immer total voll mit allem Möglichen. Scheinbar war ihre Wahrnehmung ne völlig andere, als die der meisten Menschen. Sie versank immer wieder minutiös in winzige Details, die andere Menschen nicht einmal bemerkten. Sie musste sich das irgendwie abgewöhnen.

Lanora schritt durch die belebte Einkaufszone. Hunderte von Menschen waren dort auf den Beinen. Sie blickte in die Gesichter der eiligen Wesen, sah gestresste, traurige, abwesende, grimmige und sehr selten ein fröhliches Gesicht. Da tauchte ein faszinierendes Antlitz in der Menge auf. Gedankenverloren und irgendwie abwesend, starrte es sie an und ging vorbei. Sie drehte sich nach ihm um, als die männliche Gestalt, zu der es gehörte, vorbei war.

Ohne nachzudenken folgte sie dem schmalen, hochgewachsenen Körper. Sie bohrte ihren Blick auf das rot-blau karierte Hemd, verfolgte die Linie des Nackens, der kurzen, schwarzen Haare. Sie hielt Gleichschritt und wurde eins mit dieser Person, fühlte ihre Füße in seinen Sandalen, passte sich seinem Körpergefühl an, das irgendwie schwingend war und fühlte sich mit einem Mal männlich. Es machte Lanora Spaß, mit großem, weit ausschreitendem Gang sicher durch die dicht belebte Einkaufsmeile zu gehen. Die Menschen wichen ihnen aus, denn seine Ausstrahlung war nicht nur für sie faszinierend.

Sie spürte wie sie überall neugierige Blicke auf sich zogen und erwiderten sie gemeinsam herausfordernd und ohne Irritation. Es war mit einem Mal leicht, offenen Blickes daher zu schreiten, nicht wie sonst, wo Lanora schnell direkten Blicken auswich. Da war kein Augenniederschlag, kein vorsichtiges Sondieren. Offen und frei blickte sie aus seinen Augen heraus und fühlte sich unantastbar und stark.

Dann passierte plötzlich etwas, was Lanora völlig aus der Bahn warf. Blitzartig war der Mann, mit dem sie verbunden war, ohne Vorwarnung stehen geblieben. Und da ihr physischer Körper, während des Einfühlens, ständig hinter ihm ging, prallte sie auf das rot-blau karierte Hemd, nein, auf seinen Rücken. Der Schmerz in ihrer Nase brachte sie, mit all ihren Sinnen, wieder zurück in ihren Körper. Schockartig blieb sie für einen kurzen Moment in einer Zeitschleife der

Bewegungslosigkeit hängen, sah aber wie sich das bunte Hemd umdrehte. Sie bemerkte den Kragen, sah die Halsgrube ihres Gegenübers, den Adamsapfel, die Bräune der Haut, die Konturen des frisch rasierten Kinns, einen geraden Nasenrücken und schließlich die dunklen sprühenden Augen ihres Gegenübers.

Und im gleichen Moment, als sich ihre Augen trafen, blitzte es wie aus 100 Sonnen und sie war zurück aus dem atemlosen Stillstand und presste ein verlegenes „T'schuldigung" und ein kleines Lächeln aus sich heraus. Der Mann vor ihr sah sie verständnisvoll an und sie hörte noch die Worte: „Kein Problem, meine Teure", bevor er weiter ging.

Lanora aber blieb, entsetzt über sich, stehen: Schon wieder war sie sich selbst entglitten. Wie leicht sie immer aus ihrer Mitte verschwand.

Die Fahrt

Was für ein Tag! Karun fuhr gerade zurück in seinem alten Lastwagen. Das Getöse seiner Blechkarre übertönte das Gedudel aus dem Radio. Er beugte sich vor und drehte den Regler für die Lautstärke auf, aber auch das half nicht. Das Gescheppere, das diese alte Schrottkarre verursachte, war einfach zu laut. Dabei hätte er jetzt wirklich gerne ein wenig Ablenkung gehabt, denn er war sehr müde und die Augen drohten ihm ständig zuzufallen. Er sah schon irgendwelche Schatten von rechts nach links huschen, die gar nicht da waren.

Jedes Mal zuckte er zusammen und das war gut so, denn danach war er wenigstens wieder leidlich wach. Er fuhr durch die öde Landschaft, nicht einmal Bäume waren am Straßenrand zu sehen und diese Fahrbahn schien endlos und schnurgerade weiterzuführen. Eben war er wieder eingenickt und erschreckt hochgefahren. Er starrte angestrengt durch die schmutzige Windschutzscheibe. Das eintönige Geräusch des Motors und das Klappern des Fahrgestells machten ihn schläfrig. Schon letzte Nacht hatte er wegen der Hitze kaum geschlafen.

Das Lenkrad fest im Griff starrte er geradeaus auf die Fahrbahn. Lag da nicht etwas? Wohl wieder so ein Trugbild, dachte Karun. Aber als er näher kam, klumpte sich sein Magen zusammen. Da lag eindeutig ein Mensch auf der Fahrbahn. Er hielt mit quietschenden Reifen fünf Meter vor der liegenden Person am Straßenrand. Erst holte er das Warndreieck unter dem Sitz hervor, dann stieg aus, ging nach hinten und stellte es auf.

Weit und breit war kein Fahrzeug zu sehen. Es war eine sehr wenig befahrene Strecke. Er ging etwas beklommen wieder nach vorne. Viele Gedanken rasten durch seinen Kopf. Ob dieser Mensch wohl schon lange da lag? Vielleicht war er schon tot. Ob ihn jemand überfahren hatte? Oder war er ein Opfer der Hitze geworden, während er darauf wartete, dass ihn jemand mitnahm? Wie war er hierhergekommen? Hatte ihn jemand hier einfach abgeladen? Während er auf die Stelle zuging, da wo die Gestalt lag, fühlten sich seine Beine wie Blei an.

Nun stand Karun über die Gestalt gebeugt da. Sie lag auf dem Bauch, die Kleidung war zerlumpt, ein Hosenbein war hochgekrempelt und er sah Abschürfungen an einer der haarigen Waden. Offensichtlich ein Mann, dachte Karun. Er sah keine Atembewegung am Brustkorb des

Mannes vor ihm. Er spürte ein Schaudern und die Stille um ihn herum wurde fast unerträglich.

Karun überwand sich schließlich und packte den Liegenden an der Schulter, um ihn umzudrehen. Er spürte das Gewicht und nahm die zweite Hand hinzu, um den Mann zu drehen. Er war schwer und als er ihm ins Gesicht sah, erschrak er bis tief in sein Innerstes. Er kannte dieses Gesicht: Es war seines!

Elfenbeinmädchen –
oder der Letzte seiner Art

Sie huschte durch den Urwald, auf der Suche nach Nenus. „Komm Nüsschen, lauf Nüsschen, die Berge sind hoch, die Flüsse sind tief und die Bäume schief." So sang sie, während sie fröhlich über die Wurzeln und Ranken sprang. Sie sang gerne, besonders im Wald, dort war immer ein Echo. Sie hatte dann das Gefühl, dass ihre Mutter ganz nah war. Ihre Mutter war schon lange tot, aber sie erinnerte sich noch gut an sie, obwohl sie noch sehr klein war, als sie starb. Besonders ihre Lieder, die sie mit glockenheller Stimme sang, waren noch in ihrem Gedächtnis und auch, dass sie immer mit ,Elfenbeinmädchen' gerufen wurde.

Wo war er denn wieder? Immer entwischte er ihr, so sehr sie auch versuchte, ihn nicht aus den Augen zu lassen. Immer wieder schaffte er es, unentdeckt das Weite zu suchen. Sie hatte den Verdacht, dass er absichtlich verschwand, dass er vielleicht gar nicht mit ihr zusammen sein wollte. Ach Unsinn, sagte sie sich, er sucht einfach nach einer Gefährtin. Dies war aber nicht möglich, und sie konnte ihm auch keine vermitteln. Sie wurde traurig, ja, Nenus war der Letzte seiner Art. Er musste einfach akzeptieren, dass sie eben seine einzige Freundin sein würde. Sie war doch immer lieb zu ihm und sorgte gut für seine Bedürfnisse. Na gut, sie waren wirklich sehr verschieden und hatten ziemlich unterschiedliche Interessen. So kletterte er zum Beispiel gerne auf die höchsten Bäume und sie blieb lieber weiter unten. Sie sorgte sich stets um ihn, hatte Angst, er könnte irgendwann abstürzen, aber wenn sie deshalb mit ihm schimpfte, dann quietschte er nur fröhlich und sprang gleich auf den nächsten Ast eines Baumriesen.

Andererseits war es wirklich reizend, ihm zuzusehen, wie er mit rasender Geschwindigkeit hoch in die Wipfel kletterte und oben ein lautes Geschrei anstimmte. Dann wie ein Verrückter die Äste schüttelte und schließlich anfing, auf der Spitze hin und her zu schwingen. Ihr wurde dabei immer schon ganz übel vom Zuschauen.

Eben hörte sie etwas. Es klang wie Nenus auf einem seiner Bäume. Sie lauschte, ja, das konnte nur er sein. Sie lief schneller, über den weichen Boden, auf die bekannten Töne zu. Jetzt war das Triumphgeschrei ganz nah. Sie blieb stehen, die Sonne blendete sie und sie hielt die Hand vor die Augen. Da, ganz deutlich sah sie das Schwingen des Wipfels vor sich und rief aus vollem Halse: „Nenus!" Ein paar Mal musste sie ihn noch rufen, dann sah sie, wie das Schaukeln nachließ und gleich darauf etwas in unglaublicher Geschwindigkeit den Stamm herunterjagte. Ein schwarzer Schatten flog auf sie zu, landete in ihren Armen und knabberte an ihren Haaren herum. Sie streichelte sein struppiges Fell, die Zacken auf seinem Kopf und blickte ihm in das einzelne rote Auge, das mitten auf seiner Stirn war, während sie seine scharfen Krallen vorsichtig aus ihren Haaren löste.

Das Summen von Minou

„**M**inou, komm endlich. Was machst du denn bloß? Wieso dauert das so lange? Das kann doch nicht wahr sein. Wir kommen noch zu spät. Komm jetzt!" Arlando nahm das Gepäck und ging schon mal zum Auto. Er hielt es einfach nicht mehr aus. Immer trödelte sie herum, fand kein Ende. Endlich trat sie durch die Türe, absolvierte ihre fünfzehn Drehungen und murmelte die nötigen Beschwörungen.

Endlich war es soweit. Minou warf sich erschöpft auf den Rücksitz und rief: „Vamos." Da saß sie nun, mit geschlossenen Augen, summte Melodien, die in ihrem Kopf herumspukten und blieb dann kerzengerade und völlig bewegungslos sitzen, Arlando kannte das schon. Nun würde er von hinten lange Zeit nichts mehr hören. Und wenn sie angekommen waren, würde es ebenso lange dauern, bis er Minou aus diesem Trancezustand wieder herausholen konnte, wenn überhaupt. Aber immerhin, die Hälfte war ja nun beinahe geschafft. Arlando fuhr sicher und wortlos. Er steuerte den Wagen konzentriert in Richtung Hauptstadt. Er war spät dran. Die Rituale seiner Mitfahrerin hatten ihn wieder einmal viel Zeit, aber auch Nerven gekostet. Er legte immer viel Wert auf Pünktlichkeit, hasste es, zu spät zu kommen. Aber es war heute wohl unvermeidlich. Es würden viele Gäste ungeduldig warten, wenn sie eintrafen. Das Hotel kam in Sichtweite. Er fuhr die hintere Einfahrt hoch, bremste scharf am Eingang und zog den Zündschlüssel ab. Er drehte sich auf seinen Sitz um. Minou saß wie eine Statue, immer noch mit geschlossenen Augen, auf dem Rücksitz. „Minou, wir sind da!" rief er laut. Sie schien ihn nicht zu hören.

Er stieg aus, öffnete die Türe und zwei kräftige Hotelpagen rannten auf sein Winken zu ihm. Sie wussten, was zu tun war. Sie hoben die beleibte Minou aus dem Auto und trugen sie ächzend schnell zum Hintereingang, die Treppen hoch und in den Saal hinter den Vorhang. Mehrere Frauen umringten sie, schminkten und kämmten sie, warfen ihr den mit Goldfäden durchwirkten, magentafarbenen Umhang um, steckten ihre schokoladenbraunen Füße in goldene Sandalen. Lackierten blutrot ihre Hände- und Fußnägel, ordneten schließlich noch die Falten des Stoffes und verschwanden so schnell und lautlos, wie sie gekommen waren.

Der Vorhang öffnete sich, auf der Bühne thronte Minou in ihrem glitzernden Umhang, immer noch mit geschlossenen Augen. Für zwei

Minuten trat völlige Stille im Saal ein. Dann setzte sich eine Schlange von Wartenden in Bewegung. Einer nach dem anderen wurde vor die Trance-Heilerin gestellt, angewiesen, sich hinzuknien. Minou verfiel in ihr dröhnendes Summen und legte ihre beringten Hände auf die Köpfe oder Schultern der Hilfesuchenden.

Eine endlose Menschenschlange zog an der Heilerin vorbei, bis letztendlich alle die Gelegenheit hatten, vor sie zu treten. Selig lächelnd gingen die so Behandelten weiter. Draußen vor dem Hotel löste sich die Menschenmenge nach und nach auf und mit dem Dunkelwerden verliefen sich allmählich die Massen. Es wurde still und Arlando veranlasste die Träger, die völlig erschöpfte Minou in ihre Suite zu bringen.

Graubein und der Hofhund

Es war einmal ein Esel, der dachte, er wäre ein Hund. Deshalb verhielt er sich auch so. Er riss ständig aus. Von der Koppel, auf die er jeden Tag gebracht wurde, entwischte er immer nachts, indem er sich ganz klein machte und sich dann unter der niedrigsten Stange hindurchzwängte. Er war schlau, dieser Esel. Niemand beobachtete ihn dabei, denn er wusste genau, dass sie ihm sonst diese Fluchtmöglichkeit nehmen würden. So kam niemand auf die Idee, dass er tatsächlich unter der letzten Stange hindurchgeschlüpft war, denn ein Esel würde das ja sonst niemals tun. Sie dachten immer, dass er ein ausgezeichneter Springer wäre und erhöhten jede Woche den Koppelzaun.

Esel Graubein fand es lustig, dass die Menschen so dumm waren und ihm nicht auf die Schliche kamen. Allerdings fand er es weniger lustig, dass er einfach nicht in die Hundehütte passte. Er wünschte sich nichts sehnlicher, als ein Wachhund zu sein. Er hatte miterlebt, wie der Wachhund, der vorher den Hof bewacht hatte, eines Tages, vor seinen Augen einen Herzanfall bekommen hatte und gestorben war. Er hatte den Schmerz im Herzen des Hundes wie am eigenen Leibe gespürt. Um nun die Rolle dieses Hundes einzunehmen, müsste er aber in der Hundehütte leben, denn die Zeit der großen Regenfälle war angebrochen. Es war nicht gerade „Hundeart" und übrigens auch nicht „Eselsart", draußen im Regen zu schlafen. Das war sehr ungemütlich und in der letzten Zeit hatte er unter einer Erkältung gelitten, die er sich in den langen Regennächten eingefangen hatte. In der Koppel hatte er einen Offenstall, das hieß, er konnte sich unter ein Dach stellen. Ein Wachhund hatte eine Hundehütte, in der er schlafen konnte und von dort aus wachen.

Nach zwei Wochen ohne wirklichen Nachtschutz wurde seine Erkältung immer schlimmer und er bekam einen trockenen Husten, der weithin zu hören war. Dieser Husten hörte sich tatsächlich an wie ein Bellen.

Langsam gab Graubein den Versuch auf, in die Hundehütte schlüpfen zu wollen. Er lag stoisch im Hof herum und bellte seinen Husten durch die Nacht. Am Morgen wurde er zu seiner Koppel gebracht. Und so ging es viele Wochen.

Eines Tages sah er von der Koppel aus, dass ein neuer Hund vor der Hundehütte saß. Er sollte den alten Hofhund ersetzen, der vor zwei Monaten gestorben war. Kurz vor Mitternacht kroch Graubein wieder unter der Stange durch

116

und wollte sich vor die Hundehütte legen. Aber dieser neue Hund gebärdete sich wie ein Verrückter und biss ihn doch tatsächlich in die Beine, wenn er zu nahe kam. Der Esel bekam vor lauter Empörung einen sehr langen Hustenanfall. So kam es, dass die Menschen trotz der späten Stunde aufwachten und raus auf den Hof liefen. Und was sahen sie? Einen tobenden Hund und einen hustenden Esel. Sie schüttelten den Kopf, holten einen Strick und führten den Esel in seine Koppel zurück. Von nun an wurde Graubein jede Nacht in seiner Koppel angebunden, denn die Menschen wollten einen ruhigen Schlaf. Graubein aber wurde immer unglücklicher. Auch wurde seine Erkältung und sein Bellen, äh, Husten, immer schlimmer. Der Tierarzt gab ihm Antibiotika für seine mittlerweile ausgebrochene Lungenentzündung. Nichts half! So starb er bald darauf und seine Seele schwebte in den Hundehimmel. Dort war er sehr glücklich! Auf dem Hof jedoch ereignete sich etwas sehr Merkwürdiges. Der neue Hofhund begann sich seit dem Tod des Esels äußerst seltsam zu benehmen. Auch er hatte miterlebt, wie der kranke Esel verstorben war. Nun fraß er plötzlich Gras und bellte nachts nicht mehr. Manchmal gab er schaurige Töne von sich, die einem Eselsgeschrei ähnelten.

Freut Euch des Lebens

„Freut Euch des Lebens", rief ein hochgewachsener, schlanker Mann, der stimmgewaltig mit schnellen Schritten durch die Fußgängerzone ging. Immer wieder rief er es. Die Leute drehten sich verwundert um. Dort sah man in der Regel nur stumm, eilende Menschen umherlaufen.

Ein stiller Beobachter dieser Szene würde allerdings verwundert feststellen, wie sich nach der Wahrnehmung dieses seltsamen Rufers, die Menschen veränderten. Herausgerissen aus der üblichen Trance des Alltags, dem gehetzten Streben zu verschiedenen Zielen, begann ein kurzes Innehalten und Nachdenken und die schnellen Schritte verlangsamten sich ein wenig.

Hätte einer, der die Aura sehen kann, diese Szene beobachtet, wäre er sich der schlagartigen Veränderungen in den Farben bewusst geworden. Fast niemand blieb bei dieser Begegnung unberührt. Besonders gut Wahrnehmende hätten einen lichtenen Schatten hinter dem Rufer einhergehen sehen, dessen Licht, sobald es in die Auren der näher befindlichen Menschen eindrang, auch eine Erhellung der Spektralfarben bewirkte.

Der rufende Mann war nun am Ende der belebten Zone angelangt. Er bückte sich zu einem herrenlosen, streunenden Hund, der anfänglich zurückwich. Als der Mann seine Hand ausstreckte, robbte der struppige Vierbeiner auf dem Bauch zu ihm. Mit der streichelnden Berührung verwandelte sich dieser Hund augenblicklich in ein wunderschönes Tier mit gepflegtem Fell. Die Unterwürfigkeit war gänzlich verschwunden. Es nahm zu Füßen des inzwischen verstummten Rufers Platz und strahlte eine Erhabenheit aus, die man in ihm vorher nie vermutet hätte. Beide bildeten ein Bild der Einheit, voll Anmut und Schönheit, wie sie da, wie angewurzelt, mitten in der Menge innehielten.

Dort stehen sie nun schon seit vielen Jahren, eine wunderschöne Statue, vor der jeder Tourist fasziniert innehält, um sie zu bewundern. Man erzählt sich die Geschichte hinter vorgehaltener Hand, dass dieser Rufer tatsächlich einmal existiert habe. Allerdings weiß man nicht, was zuerst da war, der Rufer mit seinem verwandelten Hund oder die Statue, die dieses Gerücht erst in Umlauf brachte.

Schmetterlinge überall Schmetterlinge

Seltsam war das anzusehen. In allen Farben und Farbtönen leuchteten die Schwärme von diesen wunderschön anzusehenden Insekten. Insekten, was für ein hässliches Wort für so schöne Traumgeschöpfe.

Malika stand da, mit weit geöffneten Armen und staunte über diese Vielfalt. Auf ihren Handflächen, Schultern und auf ihren Haaren hatten sich viele der schönen Schmetterlinge niedergelassen. Sogar auf ihrer Nase saß ein prächtiger hellblauer Falter mit riesigen Augenabbildungen. Malika wagte nicht zu atmen und schielte auf das vibrierende Geschöpf und glitt in eine Art Trance. Sie wurde selbst zu diesem Schmetterling, dessen blaue Flügel sich schlossen und öffneten. Jedes Schwingen wurde zu ihrem Atem und sie fühlte sich federleicht und frei. Malika vergaß, dass sie ein Mädchen war, vergaß, dass ihre Hautfarbe braun war, vergaß dass sie menschliche Bedürfnisse hatte, wie atmen, und sich zu bewegen, in diesem menschlichen Körper. So stand sie endlos lange, völlig entrückt in die Verwandlung zu einem pastellblauen, zarten Flügeltieres, atemlos, bewegungslos. In diesen Sekunden, vielleicht Minuten, blieb für Malika die Welt, wie sie sie kannte, stehen und auch die Zeit wurde dehnbar. Sie spürte wie ihre Seele, vereint mit diesem Schmetterlingsdasein, ihre ganze Energie, in das sanfte Pumpen der Flügel, hinüberglitt. Sie spürte die Freiheit vom körperlichen Dasein. Entrückt von jeglichen Körpergefühlen, in völliger Freiheit schwebte sie schließlich mit dem leichten Geschöpf glücklich davon, als es sich endlich von ihrer Nase erhob. Von oben sah sie kurz die uninteressante Gestalt eines achtjährigen Mädchens, das mit erhobenen Kopf und ausgebreiteten Armen reglos da stand. Sie schwebte weiter in ihrem wunderschönen, leichten Schmetterlingskörper, ließ sich vom Winde tragen und flog tanzend von Blüte zu Blüte. Sie sog die lieblichen Düfte ein und saugte zart an den Blütenstaub überzogenen Stempeln der Blumen.

Plötzlich spürte der hellblaue Schmetterling ein seltsames Zittern und Kribbeln. Es wurde stärker und beherrschender, kaum noch aushaltbar und sie flog wie trunken durch die Lüfte. Sie wurde angezogen von diesem vorhin achtlos zurück gelassenen Körper, der sie nun immer mehr in Bann zog. Sie flog auf ihn zu, wie angesogen, in einer wahrhaft atemberaubender Geschwindigkeit verschmolz sie mit dem, nun zuckend im Grase liegenden, Kinderkörper.

Malika lag zwischen großen Halmen auf der Erde, immer noch die Arme ausgebreitet und spürte dieses ungewohnte Kribbeln in jeder Pore. Der Schmetterlingsschwarm war nur noch in der Ferne zu sehen und sah aus wie eine bunte Wolke. Je länger sie ruhig im Grase lag und ihren tiefen Atem wieder spürte, desto ruhiger wurde sie und das Kribbeln ließ immer mehr nach.

Lange noch blieb sie dort im Gras liegen, genoss die tiefe Ruhe in sich und die Sonnenstrahlen auf ihrer Haut, bis sie einschlief.

Malika erwachte von einem dicken einzelnen Regentropfen auf ihrem rechten Augenlid. Sie blinzelte durch das linke Auge und sah über sich eine dunkle Wolke.

Im nächsten Augenblick prasselte der Regen auf sie herab und sie sprang schnell auf, um nach Hause zu laufen. Die Regenzeit hatte begonnen und die Schmetterlinge würden in diesem Jahr nicht mehr wiederkommen.

In der roten Schlucht

Er stand auf, in voller Größe stand der Yeti da. Er sah furchteinflößend aus, zottelig, mit hellbraunen Fell und riesigen Augen. Aber einem genauen Beobachter wäre es aufgefallen, wenn er nahe genug dran gewesen wäre, dass dieses Wesen furchtsam herunterschaute, auf den Menschen, der da unter ihm stand. Das Menschlein trug den Namen Karunina, war weiblich und zitterte vor Angst und oben zitterte, unsichtbar, der Yeti. Wie konnte es sein, dass sich ein so großes hünenhaftes Geschöpf derart fürchten konnte, wie war das möglich?

Der Yeti grunzte laut und brüllte schließlich zum Fürchten und von den roten Felswänden der Schlucht hallte ein ohrenbetäubendes, vielfaches Echo. Karunina hielt sich die Ohren zu und sank auf die Knie. Das half ein wenig, aber sogar der Boden erzitterte von dem Gebrüll und den Schallwellen. Schließlich warf sie sich flach auf den Boden und hoffte auf das Ende dieser furchteinflößenden Schreie.

Sie wünschte sich an einen stillen Ort und gab sich Mühe, sich so weit zu entspannen, dass sie eine Vision aufbauen konnte, die sie weit weg von diesem schrecklichen Ort führen würde. Nach schier endlos scheinenden Sekunden gelang ihr dies auch. Sie befand sich urplötzlich am Ufer eines riesigen Sees. Die Sonne schien, die Wellen platschten friedlich auf den Strand und hell schimmerte die Wasseroberfläche.

Sie beruhigte sich und begann in ihrer Vorstellungswelt in diesen See zu steigen, sich vom Wasser tragen zu lassen und döste langsam ein. Sie fühlte sich geborgen und nur der Wind strich über ihre Haut und die Sonne streichelte sie mit ihren Strahlen. Lange blieb sie so liegen, bis sie etwas streifte. Sie wehrte es mit einer Handbewegung ab und schüttelte leicht den Kopf, weil sie dachte eine Fliege hätte sich in ihren Haaren verfangen.

Mit geschlossenen Augen, war sie unwillig aufzuwachen und sie wedelte noch mehrmals vermeintliche Insekten ab, ehe sie langsam begriff, dass etwas Größeres wohl neben ihr war. Sie spürte Beklemmung, doch dann öffnete sie mutig die Augen. Sie blickte direkt in große dunkle, angstvoll aufgerissene Augen. Karunina hielt den Atem an und konnte keinen Finger bewegen, während sie in diese Augen sah. Die Welt stand still.

Der Yeti bewegte sich zuerst, er zog sich zurück und Karunina sah aus den Augenwinkel, wie er wieder die Felsen hochkletterte, zu jenem Stein, auf dem sie ihn zum ersten Mal erblickte hatte. Sie blieb immer noch regungslos auf dem Boden liegen, in einer Art Todstellreflex, nur ihren Augen entging keine Bewegung dieses großen Wesens. So sah sie, dass es noch eine Weile auf sie heruntersah und sich schließlich entfernte. Lange brauchte Karunina bis sie all ihre Glieder wieder bewegen konnte. Erst jetzt bemerkte sie, dass ihr Herz laut und schnell pochte und sie versuchte es zu beruhigen.

Nach einiger Zeit war es ihr gelungen, in ihren Normalmodus zu kommen und sie erhob sich langsam. Von dem Yeti war nichts mehr zu sehen und sie entfernte sich vorsichtig und geräuschlos aus der Schlucht. Aber selbst als sie zwei Kilometer davon entfernt war, spürte sie immer noch seinen Atem auf ihrer Haut und hörte den Ton in ihren Ohren. Es schien ihr, als würde sie ihn nie wieder loswerden.

Marginale

Justus betrat durch die knarzende, riesige Holztür den fast dunklen Kirchenraum. Links vor dem Altar brannten einige große Kerzen. Langsam und leise nahm er Platz in einer der hintersten Bankreihen. Still war es im Halbdunkel, genau passend zu seiner Stimmung, denn finster war es auch in seinem Herzen und still und starr in seiner Seele. Aber das hatte auch sein Gutes, der Schmerz der letzten Tage war momentan verschwunden und dieser grauen Dumpfheit gewichen.

Stumm saß er da, blickte in die flackernden Lichter, besah sich die schmerzvollen Figuren, die im Schatten lagen und ab und zu vom Schein der Kerzen sanft beleuchtet wurden. Die traurigen, vom Schmerz gezeichneten Gesichter ringsum auf den Statuen faszinierten ihn. Er fühlte sich zu ihnen hingezogen, so dass er schließlich aufstand und nach vorne ging, um sie genauer anzusehen. Lange betrachtete er die Gesichtszüge der heiligen Gestalten, nahm jedes Detail wahr und spürte in seiner tauben Seele langsam wieder die aufkeimende Resonanz des Leids. Er sank schließlich in der ersten Reihe der Bänke nieder und brach in lautes Schluchzen aus.

Ein Priester war lautlos aus einer der Seitentüren herausgetreten und setzte sich zu ihm in die Bankreihe. Justus hatte inzwischen aufgehört zu weinen, er schämte sich seltsamerweise nicht, sondern empfand es sogar tröstlich, dass da so still jemand neben ihm saß. Er blickte den Priester von der Seite her an, ohne den Kopf zu bewegen. Jung war er noch, nicht viel älter als er selbst. Er schien im Gebet versunken und hatte die Augen geschlossen. Justus beobachtete erneut die flackernden Kerzen und die „Heiligengesichter", und mit einem Mal erschienen sie ihm freundlicher, weniger schmerzerfüllt.

Ganz rechts bemerkte er dann eine geschnitzte Figur, die wohl einen Engel darstellte. Hell fiel gerade ein Sonnenstrahl auf diesen, so dass er deutlich das Gesicht, die Gewandfalten, sogar jede einzelne Feder seiner Flügel wahrnehmen konnte. Die ganze Gestalt war in pastellblaue Farbe gehüllt, wie von innen heraus leuchtend. Das Gesicht des Engels lächelte mild, es schien Justus sogar, dass es zu ihm herüberlächelte. Dieses Wesen hielt seine Hände geöffnet, so als wäre es bereit, ein Geschenk entgegen zu nehmen.

Völlig entrückt bemerkte Justus, wie ein Lichtschein von diesen Händen aus begann, sich in seine Richtung zu bewegen. Wie in Zeitlupe kam dieser Strahl auf ihn zu und traf ihn schließlich mitten auf der Brust. Fasziniert beobachtete er wie der Strahl gleißender und immer heller in ihn eindrang, spürte wie er sein Herz erwärmte und es selbst zu strahlen begann. Die wohlige Wärme in seiner Mitte bewirkte eine ungeheure Müdigkeit in ihm und er schloss die Augen. Als er sie wieder öffnete, war er allein. Der Priester war verschwunden und der Engel am rechten Altar war nur noch mühsam im Dämmerlicht des Kirchenschiffes zu erkennen. Justus fragte sich, was das wohl gewesen war. Sicherlich war er eingeschlafen und hatte geträumt.

Ein paar Minuten später verließ er die Kirche und fühlte sich seltsam erleichtert, als er in die Sonne hinaus trat.

Weitere schöne Kurzgeschichten und
Erzählungen unter:

http://www.hilger-geschichten.jimdo.com

sowie:

„Die Angst des Apfels vor dem Fall"
Metapher und Impulsgeschichten

Ein Kinderbuch:

„Honolulu liegt in Bayern"
Geschichten zum Einfühlen, Mitfühlen und
Nachdenken